KB269585

이상한 나와의 사랑법

이상한 나와의 사랑법

이상한 나와의 사랑법

연우재 지음

이 영화는 저자의 내면 기록을 바탕으로 제작되었으며,
등장인물 인터뷰와 검증 과정을 거쳐
기억의 층위를 따라 재구성되었습니다.
누군가가 겹쳐 보인다면, 그건 단순한 우연은 아닐 겁니다.
한 말씀 드리자면, 특정 인물을 비방하려는 의도는 없습니다.
이 영화는 불안정 애착의 사랑 이야기이며,
남녀 간의 이야기는 아닙니다.
아마도요.

우리 영화 속 모든 시절애증에게. 특히, 수민에게.

목차

1장

Amor, Miss

사랑미수

"너는 연애 안 하냐?"

"감당하실 수 있겠어요? 그거 물으면 소개해 주셔야 하는데…." 라고 할걸.

안부 인사랍시고 쿡 찔러대는 클리셰적인 관심과 감정 없는 잡담용 스크립트. 나한테 왜 터는지 알 수 없는 연애담의 종착점. 그 대사조차 공식처럼 외워버릴 지경이다. 성인이 된 이후로 연애 추종자들에게 줄곧 이방인으로 취급받던 수민은 스물두어 살이었나, 그즈음부터 '나도 헤어져 보고 싶다!'라는 이상한 꿈을 키웠다. 아니 정작 수민이 느끼기에 이상한 건 태어날 적 열흘 가까이 울지 않았다는 자신의 괴담보다 이십 대 중반 모태 솔로인 것에 더 소스라치는 사람들이었고, 고작 사랑 하나에 울고불고 요동치는 영화와 드라마 속 주인공이었다.

물론 수민도 그들과 다를 바 없는 인생 영화의 주인공이라는 건 코로나19로 치닫기 전 마지막 여름을 지나며 알 수 있었다. 수년간의 자취생활은 수민에게 왠지 모를 버릇을 한 움큼 새겨놓았다. 원래 이렇게 말이 많았는지, 공허함을 채우려 재잘대는 기계가 된 건지. 현관에 들어서자마자 내리쬐는 스포트라이트에 매번 자취를 잃는 수민은 떠들썩한 타인의 음성을 끌어와 텅 빈 거실을 부리나케 메꾸었다. 밤늦도록 흘러나오던 라디오와 직접 짠 인디밴드 플레이리스트. 어스름한 적막에 휩싸일 때는 '불면증 동지'를 찾아 다짜고짜 전화를 걸고는 했다. 여느 날처럼 그런 새벽이었다.

— 형, 안 자고 뭐 하는데?

— 나 다음 주에 제주도 갈 듯.

한때 수민을 애지중지하던 의경 시절 선임이 내려앉은 목소리로 혼자 떠날 거라고 말했다. "나도 데려갈래? 아, 근데 2박은 너무 짧은데. 대신 하루만 더. 어때? 좋지?" 계획이고 뭐고 수민은 평소답지 않게 따라나서야 할 것 같았다. 얼마 전 언론사 인턴 생활을 끝마친 수민은 못다 한 약속을 해치우느라 빡빡해진 일정에 우물쭈물하다가도, 어쩐지 굳센 말투로 물음을 쏟아부었다. 형이 "괜찮지."라고 뱉자마자 비행기를 예약한 뒤 캘린더에 적힌 이름을 모조리 지우고 나흘짜리 즉흥 여행에 뛰어들었다.

분명히 일러두지만, 둘의 여행이 막바지에 또 하루 연장된 건 마지막 밤 곽지해변을 휘젓고 다니던 형의 숙취 때문은 아니다. 이유야 어쨌건 두 사람은 그다음 날 오전 비행기로 표를 바꾸었고, 수민의 취미 사진용 SNS를 팔로우한 애월의 한 게스트하우스에서 남은 여정을 머물기로 했다. 그곳에 넘어가서는 뜬금없이 낯선 이들과 일출을 기약했다. 동쪽에서도 안 본 해가 내일은 서쪽에서 뜨는지….

도착한 숙소는 예상과 달리 수민의 안면홍조부터 일으켰다. 서로 SNS에 '좋아요'를 누르는 사이라며 오는 내내 형에게 내적 친분을 주입하였는데, 설마 고도의 영업이었나. 사장님은 "저 아시죠? 저희 SNS 친구인데…." 라는 수민에게 다가가 손을 내밀더니 의뭉스럽게 화답했다.

—어? 누구시죠? ……뭐, 지금부터 알아가면 되죠!

당황한 수민은 연달아 훅 들어온 저녁 바비큐 파티의 참석도 얼결에 수락했다. 이 또한 한 모금 맛을 본 특제 탁주 때문은 아니다. 식사를 마친 두 사람은 코앞 바다를 배경으로 기념사진을 남겼고, 이때 독사진만 따로따로 담고 있는 룸메이트들을 만났다. 그 모습을 유심히 지켜보던 수민은 오지랖을 가만둘 수가 없었다.

— 혹시 괜찮으시면, 두 분 같이 찍어드릴까요?

게다가 낮에도 그랬다는 소식에 내일은 바다 일출을 등진 사진까지 선물하겠다고 소리쳤다. 그러나 아침 알람에 뒤척인 수민은 가라앉은 찬 공기에 흐림을 직감했다. 주저 없이 잠을 택한 룸메이트들과 비행기 시간을 핑계로 혹시나 바다로 향한 두 사람. 역시나 태양은 까마득한 구름 뒤에 숨어 있었고, 얼마 지나지 않아 난데없는 소낙비가 머리를 적셨다. 그에 움찔거린 수민이 힘껏 고개를 든 순간이었다.

— 와… 형! 저거 봐. 돌았다…….

둘의 기대가 잿빛이 된 사이, 다채하게 핀 쌍무지개가 저 멀리 수평선 위로 경외스러운 존재감을 뽐내고 있었다.

나중에 알게 된 형의 번아웃과 무너짐. 서투른 무계획과 그 선택으로 펼쳐진 장면들. 해와 달, 혹은 불꽃 어디에나 소원부터 비는 수민은 쌍무지개 앞에서도 한결같았다. "우리 가족 건강하게 해주세요.", "행복하게 잘 지내게 해주세요.", "로또 1등 아시죠? 연금복권도 좋고요." 다만, 전과 다른 게 한 가지 있었다. 이 새삼스러운 광경

앞에서 수민은 남이 아닌, 자신을 위한 특별한 소원도 문득 빌어야 할 것만 같았다. 그러나 옅어지는 쌍무지개에 바삐 되뇐 수민의 특별함은 더없이 평범했다. 심지어 그간 떠벌린 이상한 꿈과는 정반대였다.

— 저요, 이제 후회하기도 싫고요. 저를 위해 살고 싶어요. 저도 좀 행복해지게 해 주세요. 누군가를 정말 사랑해 보고 싶어요. 제발요.

그 순간 받아들이기 힘든 욕망이나 감정을 억누르고, 반대로 내보이는 방어기제 '반동형성'이 해제되었다. 어쩌면 가장 나답다고 믿은 무언가가 사실 나와 가장 대척되는 역설이었을까. 스스로마저도 속이며 이별 트라우마에 쫓겨온 수민은 그제야 자신에게 진실해졌다. 웬일인지 감정이 흐르는 대로 한 사람에게 마음을 열었고, 겨울이 오자 각인된 어떤 날처럼 다시금 아픔에 허우적거렸다.

특별한 내 소원은 울고불고한 그 짧은 계절에 이루어졌다. 아직도 저 당시 수민이 나라는 게… 참 어색하다.

어떻게 사람이 변하니? : 각성

그의 이름도 '소원'이었다. 나의 데이트가 별일인 만큼 왜 헤어졌냐는 추궁도 심심찮게 쏟아졌다. 공예와 산업디자인을 복수 전공하는 소원은 "요즘 너무 바쁜 것 같아. 졸업 전시도 해야 하는데. 이런 상황에 내가 누구를 만날 수 있을까?"라고 속삭였지만, 내 응답은 언제나 "몰라?"였다. 가끔가다 드라마에서 본 적은 있어도 바쁘다는 게 돌아설 이유가 되는지는 아무래도 이해가 안 갔다. 하지만 그런 의문을 뒤로 하고 나는 실기와 야간 아르바이트를 병행하느라 바쁜 소원을 조용히 배려했다. 그가 나를 덜 신경 쓰도록 손 모델 일을 시작했고, 평상시라면 거들떠보지도 않았을 약속까지 무리해 잡았다. 가끔은 해가 지면 방해되지 않게 일부러 일찍 잠들었다. 그날도 소원은 자정을 조금 넘겼을 즈음 아르바이트를 마쳤다. 나도 얼추 맞춰 선잠에서 깨어났고, 늘 하던 대로 우리의 통화가 오갔다. 그렇게 아마 한 시간쯤 그냥 그런 하루

이야기를 주고받았을 때였나. 이런 게 이별 예고인 건지, 넌지시 끝을 고하는 그의 갑작스러운 고백에 온몸이 숨 막히듯 떨렸다.

금방 전화를 끊고서 고민했다. 메시지라도 남길까, 아니면 만나서 이야기하는 게 나을까. 기분도 환기할 겸 밤바다 드라이브라도 가자고 할까? 아니야 피곤할 텐데 그건 안 되지. 마침 내일 만나기로 한 날이라 가벼운 대꾸조차 얹지 않았지만, 새벽 내내 지난날에 대한 자책과 후회는 반복됐다. 혼란이 조금 잦아든 뒤에는 '내일 그의 피로를 어떻게 풀어주지?'와 같은 다소 초점을 비껴간 생각만이 머릿속에 맴돌았다. 며칠 전 밤새 써둔 손 편지를 머뭇대다 서랍 깊숙이 밀어 넣고는 새로 끄적였다. 나는 안마 의자가 있는 힐링 카페와 그가 좋아하는 피자집을 예약하고, 비타민B, C, D를 한 통씩 쓸어 담았다. 새 편지는 몇 날을 꾹꾹 눌러 담은 나에 관한 이야기나 부끄러워 미룬 속마음과는 거리가 멀었다. 어느 손을 놓고 떠나간 이가 수신인이라면 누가 읽어도 거리낌 없을 네 장의 편지는 애정을 애걸복걸하는 안달에 가까웠다.

안마 의자에 앉자마자 그가 잠든 틈을 타 옆자리에 놓인 에코백으로 챙겨온 선물을 몰래 옮겼다. 퍼질러진 모습에 마음이 쓰이다가도, 얼마나 피곤하면 들쑤시는 안마 의자의 고통과 종료음에도 아무 흔들림이 없는지 한참을 신기해했다. 피자집은 알고 보니 뷔페여서 누가 먼저라 할 것 없이 서로의 눈길을 벗어났고, 나란한 산책길에서는 흐트러진 온도만 어리숙하게 터벅거렸다. 그렇게 엇갈림을 핑계로 갑갑함을 짓누르며 하나의 물음도 건네지 못한 나는 어젯밤 얼굴로 회귀했다. 내가 슬프다는 자각은 친구 잎새가 우리 집 현관문을 여는 찰나 스며들었다. 이게 뭐라고 스물하나 언저리에 멈춘 눈물샘이 이토록 열심인지, 그런 내가 정말이지 이상했다. 민망함은 온데간데없이 졸지에 눈물이 터졌고, 절대 안기고 싶지 않은 남정네 품에 부둥켜 울음을 멈추지 못했다.

동네 숲길 벤치에 앉아 의도치 않게 아까 일을 잎새에게 털어놓았다. 어느 때나 실실대면서 얼버무리던 내가 연속된 그의 물음에 난생처음 아픔을 겉으로 드러냈다. 서툴러서 시시콜콜한 마음까지는 비치지 못했고, 낯간지러움에 싱거운 농담을 빌려 돌아올 대화까지 무마해 버렸다. 잇따라 잎새가 탐탁지 않은 질문 세례를 퍼부었다.

─왜 눈물이 나는 거 같아? 슬퍼서? 힘들어서?

안 그래도 왜 이러나 싶은 상태에 몇 분을 뜸 들이

다 간신히 답했다. ……묵묵부답. 끝내 내가 답하지 못한 건 정말 내 감정을 몰라서가 아닐까. 위로 한마디 없이 "왜 슬픈 거 같아?"라며 건조한 꼬리 질문만 무는 잎새가 밉다가도 이유가 있겠지, 이유가 있겠지, 또 망설이는데 이번에는 잎새가 '자기 객관화'라는 단어를 내놓았다. 나를 곁에 두려는 이유까지 샅샅이 풀어내던 잎새 이야기에는 나의 말에 함부로 담을 수 없는 그만의 삶이 묻어났다. 그때 나는 처음 스스로에 시선을 맞추었고, 인사했고, 안부를 물었다. 타인만 살피던 내가 나의 감정에 대해 헤아릴 기회를 가지면서 정작 자신에게 불친절하다는 걸 알아차렸다.

흔히 사람은 쉽게 변하지 않는다고들 말한다. 덤덤히 과거를 읊는 잎새 따라 나아질 내일을 그리다가도, 익숙한 세상의 소리가 떠올라 자꾸 멈칫댔다. 변할 수 없다면 객관화도 애써 할 필요가 없을 텐데. 의심쩍은 눈초리에 잎새는 각성 상태, 즉 내적인 동기부여가 강하게 일어날 때 사람은 바뀔 여지가 생긴다고 확고한 목소리로 설명했다. 본래 인간은 안정을 추구하는 경향이 있기에 현상을 유지하려는 성향을 지니지만, 어떤 계기로 인해 각성이 찾아오면 심리적 관성을 깰 만큼 추진력을 얻기도 한단다. 이처럼 말을 대할 때는 학습된 모양 그대로 받아들이기보다 숨겨진 본질을 알아내려는 노력이 필요하다. 똑같은 말도 상황과 뉘앙스를 따지면 전혀 다른 의미가 되기도 하듯이, 상반되는 듯한 잎새와 세상의 언어 역시 뜯어보니 별반 다를 게 없었다. 그러니까 중요한 건 결국 맥락이다.

이내 잎새는 확신에 찬 입꼬리를 찬찬히 올렸다. 정신건강 관련 사업을 구상 중이라던 잎새는 가진 깨달음을 나누고, 겸사겸사 사업 데이터를 쌓으려는 듯 보였다. 아무리 가까워도 나는 사람을 믿지 못한다. 그래서 주저했지만, 딱히 거절할 구실이랄게 없었다. 덧없는 우연인지. 아니면 무언의 이유로 설계된 운명인지. 매번 걱정하고 망설이며 꾸물대기만 하던 나였다. 그런 나에게 최근 몇 달 동안 들이닥친 고통과 장면들은 이참에 용기를 내보라고 건네는 부름이자 명분처럼 다가왔다. 그렇게 헛갈리는 감정과 이별 사유를 밝히기로 한 나는 그만 아프고 싶은 마음에 잎새가 뻗친 제안을 수락했다. 아니, 정신을 차리니 그의 계획대로 끌려가고 있었다. 이 끝자락에 나는 앞날이 지난날에 관한 해석을 뒤바꿀 수도 있다는 SF 영화에 나올 법한 이치를 현실로 깨치게 된다.

하나도 안 궁금했다. 객관화하자던 잎새는 "빛은 파동일까? 입자일까?" 또다시 느닷없는 질문을 이어갔다. "저 멀리 소리를 지르면 어떨까."라는 연이은 물음에 내가 "당연히 시끄럽겠지."라고 답하자 잎새는 공기 진동을 타고 퍼진 소리는 파동, 와중에 튄 침은 물리적으로 존재하는 입자라고 그랬다. 더구나 빛은 파동인 동시에 입자라는데, 그중 어떤 성질을 드러내느냐는 실험 방식에 따라 달라진단다. 다시 말해, 측정이 일어나는 순간에야 하나의 상태가 결정되고, 그전에는 여러 가능성이 겹쳐 존재하는 것이다. 물리학에서는 이를 '양자 중첩'이라고 부른다. 높이 던진 동전을 손바닥으로 쥐었을 때와 흡사하다. 주먹을 열어 확인하기 전까지는 앞면일 수도 있고, 뒷면일 수도 있는 불확정성의 상태 말이다.

— 그래서 잎새야. 하고 싶은 말이 뭔데?

까맣게 잊은 사실이 있다. 우리 눈에 관찰되는 건 빠짐없이 원자로 이루어졌고, 사람도 DNA를 포함한 복잡한 세포들의 에너지 대사로 존재하는 일개 생명체다. 그렇다면 '존재'라는 건 어느 시선과 인식 안에 들어설 때 비로소 그만의 의미를 갖게 되는 것이 아닐까. 나아가 여러 학문에서 인간과 다른 등물을 구별하는 특성으로 이성을 일컫듯 자아가 발달한 우리는 제삼자의 시선으로 자신을 인식할 수 있다. 한마디로 이성이 감정의 관찰자 역할을 한다.

잎새가 사이비에 홀린 건 아닌지 걱정했다. 괜히 의심부터 든 이유는 관념을 삶으로 끌어 들여와 의미를 부여하려는 행위가 낯설었기 때문이다. 나는 우리가 살아가는 세상을 둘로 나누어 말하라면 현상과 의미라고 대답하겠다. 일어나는 일, 즉 현상이 있고 그것을 각자가 이해하는 방식, 의미가 있다. 대부분 의미는 현상에서 비롯된다. 그러나 오늘날의 세상은 본래의 현상보다 보이는 것이 앞서 떠돌며 마치 주객이 뒤바뀐 듯한 모습이다. 이는 여러 해석의 가능성을 열지만, 때로 편을 가르거나 다름을 두고 누가 맞느냐 싸우기도 한다. 주로 그런 사람들은 모순되게 누군가 정한 의미를 가져와 꿰맞추는 것에는 굳건하다. 정답이 없는 세상에서 우리가 믿는 건, 아득한 이 우주에서 생의 이유를 모르는 불안정한 인간이 만든 구조일 뿐인데. 그건 안정을 얻을 가장 손쉬운 수이며, 이왕 사는 거 조금이라도 더 잘살아 보자고 여럿이 새끼손가락을 포갠 인생의 조미료일 뿐인데 말이다.

모든 건 의문에서 시작된다. 잎새를 의심했듯이 나는 사람보다 상황을 믿고, 그럴싸한 포장지에 숨겨진 현상을 찾는다. "에이. 그래도 나쁜 사람은 아니야!" 같이 의미로 똘똘 뭉친 합리화로 더는 나를 잃지 않기로 했다. 상황은, 그러니까 현상은 거짓말하지 않으니까. 판단 빠진 의심은 관심이자 호기심이고, 그곳에서 흐른 물음표가 사랑일는지. 무언가를 습득하는 건 오롯이 자신을 나타내기 위함이다. 자기감정의 첫 번째 목격자로서 외부에서 만들어 낸 의미를 받아들일 의무는 없다. 더군다나 약속되지 않은 의미로 하는 재해석은 시시각각이다. 우리가 사는 차원이 우연한 별의 파편이건, 영원히 인지하지 못할 시뮬레이션이건 중요치 않다. 우리가 기대온 믿음이 깨어지는 날에는 자연히 그 의미도 달라질 테니까. 도로 단잠을 들이킨 애월 룸메이트들과 여름 사이 비를 뚫고 마주친 두 사람의 쌍무지개처럼 각기 경험으로 자

기 삶에서 관찰된 현상만이 실재한다. 이 안에서 흘러가
는 한, 누구도 그 자체로 틀린 존재는 없었다.

E열 13번의 수민 :

이날도 조수석에 타자마자 잎새는 심리 상담에서 배운 내용을 꺼내 들었다. 다짜고짜 그는 눈을 감고 순서대로 상상해 보라고 내게 일렀다.

— 현재 당신은 영화관입니다. 스크린에는 한 영화가 나오고, 그 뒤에서는 실시간으로 영화를 찍어내고 있죠. 연출, 촬영, 작가, 배우. 놀랍게도 모든 스태프가 자신이에요. 그들은 어떤 모습인가요? 관계는 어때 보이나요?

— 당신은 계속 그 영화를 보고 있습니다. 어떤가요? 재미있나요? 무슨 장면이 펼쳐지고 있길래요? 혹시 다른 등장인물도 있을까요? 그럼 마지막으로 객석을 돌아보죠. 누가 어떤 표정과 감정으로 당신의 영화를 보고 있나요?

우리가 최면 없이도 상상을 할 수 있는 건 살면서 축적된 무의식이 의식에 영향을 미친 결과다. 종종 심리학에서는 인간의 의식을 빙산의 일각에 비유하는데, 그 말은 우리가 일상에서 자각하는 의식이 전체 마음에서 극히 일부에 지나지 않는다는 뜻이다. 그 아래에는 훨씬 방대한 무의식이 자리를 잡고 있다. 분명 마음의 큰 조각은 무의식인데, 그 본질을 제쳐두고 애꿎은 의미만 덧대니 삶이 전보다 나을 리가 있는가. 말과 단어 선택, 아니 모든 반응에는 한 사람의 인생이 묻어난다. 나라는 영화의 전 구간을 내다본 유일한 등장인물이자 주인공으로서 나는 내가 품은 무의식을 최대한 파헤치기로 했다.

감정은 타고난 기질 위에 환경과 경험이 복합적으로 더해져 묻어나온다. 원해서 만들어진 것도, 일부러 찾아오는 것도 아닌 한 존재에게 번지는 유기적인 반응이다. 결코 주체의 잘못이나 부족함이 아니기에 스미는 감정이 무엇이든 자신을 나무랄 필요는 없다. 그건 그저 지금 나에게 뭐가 중요한지를 알리는 내면의 목소리일 뿐이다. 언젠가 여유를 갖춘 이성은 이 감정의 신호를 본연의 모습대로 받아들이고, 몸과 기억에 익힌 정보를 바탕으로 나를 위한 최선과 자유에 집중하도록 도울 것이다. 이 모든 과정은 이성이 감정의 관찰자이자 동반자로서 짊어진 몫이다. 더 나아가 이는 자아를 가진 인간만이 누릴 수 있는 삶의 특권이다. 너무 이성적이라며 고민하고 매달린 완벽주의는 한낱 불안감일 뿐, 그 이상 그 이하도 아니었다.

사실 스크린에서 상영되는 작품은 실시간으로 펼쳐지는 인생이다. 내 무의식 속에는 고개를 떨군 주인공이 구름을 밟으며 어디론가 묵묵히 혼자 올라가고 있었다. 답답함을 참고 참다가 기어이 터진 연출자와 마음에 들지 않는 작품을 꾸역꾸역 이어가는 스태프들. 객석에서는 가족이 지켜보고, 친구를 포함한 불특정 다수가 웃고 떠든다. 몇몇은 영화관을 들락날락한다. 꺼림칙하다. 그들은 내가 신경 쓰고 있는 관찰자들이다. 잘 보이고 싶은 욕심에 꿈틀대는 그들의 반응을 살피고, 쉴 새 없이 쏟아지는 평가는 걱정스럽다. 제일 눈여겨볼 관객은 어느 자리에도 없었다. 제작자이자 주인공인 자신조차도 찾지 않는 영화라면 누가 그걸 나서서 즐기겠는가. 아무도 객석에 들르지 않으면 나라는 영화도 존재하지 않는 거나 다름없었다.

우리는 전자 덩어리처럼 사회 속에서 끊임없이 관찰당하며, 영향을 받으면서 살아간다. 그런데 나 아닌 관점을 영영 이해하지 못할 일인칭 시점의 인간이 남에게 질문과 짐작 말고 무얼 할 수 있을까. 겉모습으로 완벽히 이해한대도 겨우 빙산의 일각이다. 주인공은 자신도 잘 기억하지 못하는 무의식 어딘가에 이끌리고 있다. 그런 내 영화관도 한 조건만 성립되면 평점 만점의 억만 관객이 부럽지 않은 특별한 공간이 된다. 혼자서도 다음 장면이 궁금해 설레는, 영향을 받기에 앞서 스스로 관찰자가 되어 즐길 줄 아는 놀이터 같은 공간 말이다. 고립무원의 영화는 객석에 참여하지 않은 내가 만들어 냈다. 우리에게는 어떤 장면이 와도 떠나가지 않을, 살아감이 막을 내리고 암전될 때까지 영원히 곁을 지켜줄 나만의 별스러운 고정 관객이 있다.

환승 우주 :　　　　　　　　　　　　　　　　선
　　　　　　　　　　　　　　　　　　　　　　택

　한 번도 결말에 닿지 못한 인생 최대의 난제가 있다. '시간 여행을 떠나면 도대체 언제로 가야 할까.' 객석 티켓팅에 실패한 우리의 이성은 시뮬레이션 중독자가 되어 불특정한 미래를 드나든다. 그렇게 먼발치서 객석을 둘러보다가 타이밍을 놓친 찰나, 이번에는 탓하기 편한 과거로 다시 재빨리 방향을 튼다. "아, 이렇게 할걸. 그랬더라면 어땠을까." 과거에 가정을 던진다. 그랬다면 과연 지금 같은 후회는 없었을까. 감정에 매몰된 상태에서 이성이 최선의 판단을 올바르게 내렸을지는 미지수다.

　왔다 갔다 하는 나를 가만히 지켜보던 잎새는 후회를 없앨 시간 여행을 떠나자고 했다. 한 사람이 태어나는 순간, 그만의 우주가 시작된다. 평행 세계나 시간 여행 같은 소재는 영화나 드라마에서 흔히 볼 수 있는데, 그곳의 주인공은 하나같이 뒤늦은 깨달음을 얻는다. 진행형인 이야기 속을 살아가는 우리는 수없이 많은 선택을 한다. 그때마다 다 다른 모습의 평행우주가 탄생한다. 하고많은 우연을 지나 하나의 장면, 경우의 수, 그로 인한 나비효과. 지금도 뒤따를 장면의 룰렛은 계속해서 돌아간다. 요점은 다음 우주로 나아가도 모두가 지금을 산다는 거다. 그런 나와 최선의 우주에 정착하는 것. 앞으로 다가올 내일을 알아내어 채택하고 바라보며, 완전하지는 않아도 나로서 그럴듯하게 채워가는 것. 그게 본능적으로 결핍을 채우려 하는 인간이 최선에 다다르는 참된 사랑법이 아닐까. 충족에 닿아가는 느낌이 쌓일수록 후회는 줄어들 테니까. 그 경험은 통계처럼 쌓여 이어질 우주의 우주로 무한한 영향을 남긴다.

이미 우리는 타임머신 없이도 자유자재로 시공간을 넘나들며 시간 여행을 하고 있었다. 이성을 가진 존재답게, 플래시백 효과를 주듯 반추와 상상으로 여러 장면을 펼쳐낸다. 그렇다면 최선의 우주에 닿기 위해 우리가 해야 할 건 이 능력을 활용해 인생의 서사를 다시 밟아내는 일이다. 그 과정에서 나의 결핍이 어디서 출발했는지를 가능한 한 밝혀내야 한다. 지금의 내가 어떤 계절을 지나왔는지를 알아야 앞으로 마주칠 장면도 어느 정도 예측할 수 있다. 또 다른 방법은 이상적인 미래의 나를 먼저 그려 보고, 현재의 내가 가진 속성과 비교해 보는 것이다. 이때 높은 확률로 사람들은 자연스레 무의식 속 '완전한 나'를 떠올리게 되고, 그 최선의 우주와 지금 사이의 간극을 조금씩 좁혀가게 된다. 물론 그 모습이 진정 나에게서 우러난 것인지, 혹은 사회가 만들어 낸 이상을 무심코 빌려온 건 아닌지 스스로 부단히 되묻는 태도 역시 필요하다. 만약 감이 안 오면 무의식에 자리한 방어기제를 활용해도 좋다. 이상하리만큼 나에게만 반복되는 사건들, 그리고 유난히 나를 뒤흔들어 놓는 감정이 있다. 그 안에서 공통점을 찾다 보면, '내가 제일 겁내는 건 뭘까?'하는 식의 질문에 다다른다. 이같이 결핍을 유추할 수 있을 법한 상황을 가정해 보고, 깊은 곳에 잠들어 있던 감정을 꺼내어 바라본다. 이때 가장 멋진 해결책을 내놓을 듯한 인물이 대체로 내가 그리는 최선의 우주 속 내 모습과 닮아있다.

어느 순간 나의 이상에는 아이처럼 감정에 자유로운 이가 등장했다. 그는 모든 표현을 자연스럽게 하는 동시에 자신에 관한 거라면 늘 주관이 뚜렷하다. 어느 우주에서는 그걸 지금보다 이르게 알게 됐을지도. 전혀 생각지 못한 다른 우주를 바랐을지도 모르겠다. 하루하루 버티다가 버릇처럼 오늘을 되새겼을지도 모른다. 방금 내린 선택이 옳은지는 아무도 알 수 없다. 하지만 현시점에 필요한 것, 나아가야 할 이상을 안다면 내 감정과 어긋나지 않은 최선에 가까운 선택지를 고를 수 있다. 그러면 정답이 아닐지라도 최선이었다는 것은 아니까, 적어도 후회는 덜 하지 않을까? 저마다 익숙함이 서린 신념은 그득해도, 딱 맞아떨어지는 답은 없다. 그렇지만 각자 마음에는 해답 비슷한 게 있다. 그것을 빌미 삼아 온전히 자신을 따른다. 내가 머물 이곳은 단 하나의 우주고 모두가 자기만의 우주를 가졌다. 내 무의식이 비춘 이상적인 우주도 끊임없이 관찰하면 언젠가 마주할 거라고 믿는다. 나를 위한 우주가 어디인지 알았고, 그 우주에 도착하는 진하디진한 결말은 이미 어딘가에 쓰여 있을 테니까.

결핍

그간 구원이라 불렀던 것들이 처음부터 구원이 아니었거나, 혹은 구원이 아니게 되었을 때 우리는 어떻게 무너지는가. 왜 나는 이 사태가 오기까지 스스로 돌아볼 생각조차 못 했을까. 때마침 나는 연극영화학을 전공한 대학원생으로서 캐릭터 분석을 연구했고, 의외로 객관화는 내가 한 공부와 닮았다. 캐릭터 분석은 그 캐릭터, 즉 내가 어떻게 만들어졌는지 알아가는 과정이다. 우리는 간혹 잊는다. 인간도 동물이며, 동물의 가장 본질적인 특성은 생존이라는 사실을 말이다. 성격이라는 건 대부분 생존 욕구를 위협당할 때 작동하는 방어기제에서 비롯되며, 그로 인해 반복된 경험의 결과다. 한 존재를 찾아든 자극은 꼭 극심하지 않아도 충분히 안정을 뒤흔들 수 있고, 그 자체로 결핍이 되기도 한다. 좋지 않은 일을 마주했을 때 누구는 무심하게 흘려보내고, 누구는 간단한 대처로 불안을 떨친다. 반면에 큰 위협을 느낀 이는 특정 방어기제를 끄집어낸다. 그런 반응이 반복되다 보면 습관으로 굳어지고, 결국 무의식마저 장악해 성격의 일부가 된다.

따라서 우리는 각자가 지닌 성격이 어디에서 출발했는지 거슬러 올라가야 한다. 성격뿐만 아니라 우리가 가진 감정과 반응에는 모두 그만한 이유가 있고, 그것은 서로 남김없이 연결되어 있다. 찾는 방법도 그다지 어렵지 않다. '나'라는 사람에게 줄줄이 엮인 연결고리에 눈길을 둔 채 '왜'라는 질문으로 꼬리를 물며 하나씩 파고들면 된다. 그렇게 과거의 과거까지 따라가 보면, 분명 어느 지점에서 무의식 깊이 가라앉은 감정이나 기억 조각을 마주하게 될 것이다. 그 탐색은 명료한 결론에 이르기보다 감정의 실루엣을 더듬으면서 헤쳐가는 여정에 가깝다. 그로써 가장 깊숙한 무의식에 숨은 본질을 건져 의식의 영역에서 있는 그대로 바라보고 인정해 주는 연습을 하는 거다.

그래서 더 어린 나이에 깨달을수록 '운이 좋은 게 아닐까?' 하는 짧은 생각이 들었다. 늦는 시간에 비례해 되돌아가는 길 역시 더욱 멀어질 테니까. 찾으려는 게 결핍이다 보니 마냥 아름답지는 않아서 아플 때도 있다. 하지만 이는 스스로 상처 입히는 것과는 다르다. 그저

메마른 감정이 자유를 찾도록 마음을 두드려 주는 일인
걸 알면 좋겠다. 기왕 흘러넘친 감정이 찾아드는 대로
만끽하면서 말이다. 제때 아파하지 못해 억눌린 슬픔은
이제라도 충분히 느껴야 했다. 내가 외면했던 감정이 사
실 얼마나 당연했는지를 아는 순간 조금은 여유로워진
자신을 발견하게 될 것이다. 극복은 그날을 없었던 일로
만드는 게 아니다. 다시는 비슷한 아픔에 휘청이지 않도
록 자기감정의 진실을 이해하고, 스며든 여유와 망각한
틈새에서 내게 알맞은 습관을 새로 들이는 거였다.

"왜 슬픈 것 같아?" 나는 우리가 오래도록 볼 사이라
고 여겼다. 내 주변에는 긴 연애를 하는 사람이 많았고,
그들 옆에 누가 당연하듯이 있는 게 부러웠다. 경상북도
한 공업도시에서 자란 나는 스무 살에 서울로 올라왔다.
당시 거리를 떠돌던 겨울날이 생각난다. 괴롭힘과 불면
에 지쳐 드라마 촬영팀을 그만두고 아르바이트로 발길
을 돌렸다. 월수금 국숫집 서빙, 화목은 아이스크림 가
게, 주말에는 대학 캠퍼스 안 편의점부터 상하차와 다름
없는 대학병원 편의점 야간까지. 같은 시기, 월 삼십만
원에 잠깐 머문 외삼촌 댁을 나오면서 지낼 곳이 애매
해진 나는 선배의 빈 자취방에 얹혀살다가 고시원에 입

실했다. 그렇게 타지에서 맞이한 크리스마스이브는 곳곳에 캐럴이 울려 퍼지는 풍경으로 그득했고, 나는 머리통만 한 창문도 없는 고시원을 달아나 어슬렁거렸다. 광장 가운데 가빠진 한숨과 잔상처럼 스치는 사람들. 나만 혼자 같았다. 하지만 심심함으로 간주한 이 처량함도 한순간이었다. 좋아하는 가수가 홍보대사인 의경 모집공고가 단순한 내 시선을 붙잡았고, 살아있는 것도 운발인 게 틀림없는 나는 단박에 붙어 이듬해 여름에 입대했다.

경찰서는 서울 한복판에 있어 매일 면회가 가능했지만, 나를 보러 올 사람이 없었다. 매주 나가도 갈 곳이 없어서 항상 외출 날짜를 양보했다. 가끔 영외 활동을 다녀온 애들이 여자 친구랑 헤어질지 묻는데, 그럴 때마다 때울 말이 없어서 '나도 헤어져 보고 싶다.'라는 엉뚱한 답을 훔쳤다. 와중에 대외활동이라는 걸 알게 돼 사진이 취미인 선임에게 SNS를 배웠고, 여덟 달을 망설이다가 카메라를 샀다. 활동에 잘 뽑히려면 다른 사람 게시물에 '좋아요'를 눌러 팔로우를 늘리라는데, 안 좋은 걸 좋다고 거짓말하기는 좀 그랬다. 그래도 전역 후 어찌어찌 열 가지가 넘는 활동에 참여하면서 수시로 사람들과 부대꼈다. 그런데 사람들은 왜 어떤 관계가 남녀면 무턱대고 엮을까? 이성 얘기로 왈가왈부하는 분위기를 꺼릴 때는 남다른 취향을 가진 건 아니냐는 말장난도 오갔다. 나는 남녀노소뿐 아니라 강아지도 똑같이 대했다. 아니라고 재빠르게 잘라내도 누군가는 강한 부정이라며 어떻게든 원하는 모양대로 단정했다. 차라리 맞장구라도 쳐 주면 그만둘까 싶어서 묻는 대로 한 여자애에게 관심 있는 척하기도 했다. 그래도 달라지는 건 없었다. 넘나드는 오해와 실상 어디에도 묶이지 않은 가짜 교집합에 정체 모를 갈증만 나날이 깊어졌다.

다 내가 연애하면 해결될 일이다. 하지만 나는 별 끌림이 없었다. 누가 좋다고 말하거나 작은 티라도 내면 더 큰 혼선을 부르기 전에 선을 긋는 게 예의라고 생각했다. 고마운 관심을 너무 냉정하게 밀어냈나 싶다가도, 마음을 거절하는 게 얼마나 불편하고 고된 일인지 그들도 잘 알고 있으리라 믿었다. 그중에는 '이 사람과 오래 만날 수 있을까?' 같은 단편적 사고 때문에 더 관계를 진전시키지 못한 적도 있다. 생각이 많은 내 영화에서는 로맨스 같은 장르를 한 톨도 쉽게 스케치할 수 없었다. 늦었다는 생각에도 거듭 미루면서 꾸준히 소개도 뿌리치더니, 제주에서 소원을 빌고 와서야 낯선 의지를 다잡았다. 이름과 귀가 예쁘면 끌린다는 반농담조에 한 친구는 나와 동명이인을 소개해 주었다. 이런, 호기심이 엮어낸 그와는 곧장 친구가 되었고 온종일 동명이인의 느린 답장을 기다리던 나는 SNS를 서로 팔로우 중인 소원에게 무심결에 응답을 보냈다.

소원은 대외활동에서 만난 동생의 친구다. 지난해 말, 내가 좋아하는 이름을 가진 데다가 환한 웃음을 머금어서 첫눈에 궁금했다. 잎새는 내 핸드폰을 빼앗아 소원의 비공개 SNS를 팔로우했다. 요청 수락은 석 달인가 지나서였다. 최근 개설한 사진용 계정을 스토리에 공유한 소원에게 나는 아무것도 모르는 척 카메라와 보정에 관해 이것저것 물었다. 이 주 뒤에는 홀서빙 아르바이트를 시작했다길래 곧바로 비타민 음료와 젤리를 사서 가게에 들렀고, 도착해서 인사도 못 하고 한 시간을 서성이는데 소원이 다가와 말을 걸었다.

—혹시 이수민 씨 아니세요?

—네?

정수기 앞에 서 있던 나는 숨을 멈춘 채 고개만 살짝 끄덕였다.

—왜 말 안 거셨어요?

—아… 물만 뜨고…….

계산 직전에는 안부나 물어보러 왔냐는 친구의 현명

한 타박에 연락처라도 받겠다고 했는데, 역시나 긴장해서 버벅거렸다. 역시 나다. 이번에도 소원이 먼저 입술을 떼었다.

— 적립하시겠어요?

— ……네?

— 여기다가 번호 찍어 주세요.

얼떨결에 나는 핸드폰을 들이밀었다. “아… 그럼… 저도 알려주실래요?” 잃어버릴까 봐 받자마자 화면 캡처도 눌렀다.

사랑과 미움은 한 끗 차이다. 생일과 크리스마스, 한 페이지의 끝과 시작, 어릴 적에는 의미투성이인 이 계절을 손꼽아 기다렸다. 하지만 어느샌가 십이월이 닥칠수록 나의 심박수는 필요 이상으로 우쭐거렸다. 나와 외로움의 거리를 모르는 이들을 피해 시름시름 앓다가도, 누구라도 연락이 닿으면 아무 일도 없다는 듯이 밝은 가면을 뒤적였다.

바다 한가운데서 마실 물이 없는 이에게는 미운 빗줄기도 단비가 된다. 누가 나를 묻는 것과 그런 나를 답하는 것. 오랜 불안과 힘겨움이 무색하게 그의 꾸준한 물음이 기다려졌다. 소원은 맑은 미소로 보답했고, 늘 곁을 내주었다. 세상 소음이 들이차도 충족될 낌새라고는 보이지 않던 공허함이 없던 일마냥 홀연히 사라졌다. 그러니까 그날 내가 무너진 이유는 지긋지긋한 이 겨울이 저물어 간다고 착각했기 때문이다. 처음이라서가 아니라 한순간에 예전으로 돌아서서 삼켜낸 눈물이 몰려든 탓이다.

나이만 아저씨 : 맥락

특정 상황에만 발현되는 이 불안 애착에는 생각보다 기나긴 서사가 있다. 보통 마음이 지치면 앞서 떠오르는 기억을 조명해 비교적 가까운 사건에서 실마리를 찾는다. 그러나 결핍 대다수는 어린 날에 가지게 된 기억의 그림자에 덮여있다. 결과만 보면 이해되지 않는 장면도 맥락과 감정 흐름을 살피면 어김없이 본질을 드러내고는 한다. 잎새는 나한테 더 과거로 들어가야 보인다고 말했고, 풀어낸 매 장면에는 그보다 더 어렸던 날을 비추어 낼 단서들만 속속 흘러나왔다.

성격이 만들어진 시절의 가장 큰 특징은 어린아이라는 점이다. 이성이 자리하기 전인 아이는 무엇보다도 본능에 충실하다. 자기 보호를 위해 솟구치는 여러 감정과 욕구를 자유로이 드러내고, 그것이 어떻게 받아들여지는지를 통해 자신을 대하는 방식을 알아간다. 이때 아이는 특정 양육자와의 정서적인 유대, 곧 애착을 형성한다.

이는 외부 세계에 대한 감각을 다듬는 최초의 인지적 틀이다. 애착 대상에게 비친 시선과 상호작용을 거치며 아이는 자신이 어떤 존재로 여겨지는지 읽어내고, 세상이 얼마나 안전한지 몸소 배워 안정감을 얻는다. 그런데 그럴만한 환경이 마련되지 못하면 아이는 오롯이 느끼는 법을 잊고, 가지각색 방어기제 속에서 자란다. 관련 학자들은 인간의 기초 애착 형태가 언제쯤 자리를 잡는지에 대해 약간의 이견을 보이기도 하지만, 몇 살씩 차이는 있어도 결국 유아기가 핵심 형성기라는 데에는 견해가 거의 일치한다. 계속해서 우리는 변화를 겪지만, 이조차 유년의 계절에서 뒤이어진 탄응의 연장선이라고 볼 수 있다.

이처럼 동물이나 아이는 주변에서 일어나는 현상에 고스란히 영향을 받는다. 아직 자아가 충분히 형성되지 않은 이들은 외부 자극에 취약하게 반응할 수밖에 없다. 그러므로 더욱 세심하고 일관된 보살핌이 필요하다. 하지만 현실에서는 그런 이상적인 양육이 항상 가능하지는 않다. 누구든 부모이기 이전에 평생 결핍과 영향 속에서 자라온 한 개인이기 때문이다. 누구나 살아가는 과정에서 마음에 크고 작은 빈틈이 생기고, 윗세대가 물려준 가치관과 의미에 길들여지기 마련이다. 이러한 시선으로 아이를 바라보다 보면, 자신이 겪은 결핍을 무의식 중에 또다시 물려주고 마는 악순환이 반복되기도 한다. 가정환경에 따라 특성이 달라지는 것도, 부모와 아이 사이에서 닮은 점이 여럿 발견되는 것도 다 같은 이유에서다. 그러니 아이의 성격은 선천적인 기질뿐 아니라 보고 듣고 느껴온 환경적 경험들에 의해 빚어지는 거라고 볼 수 있다.

처음에는 겨우 그 짧은 시절이 인생을 결정지을 리 없다고 생각했다. 물론 아직 관측되지 않은 이야기는 직접 발을 내디뎌 봐야지만 알 수 있다. 하지만 아이는 남겨진 결핍과 그 영향 속에서 형성된 가치관으로 인해 삶의 방향성이 설정된다고 해도 과언이 아니다. 이후의 선택은 망가진 애착에 맞서려는 충동일 수 있고, 기억이 체계화되기 시작한 무렵부터 이미 방어기제라는 생존법에 휘둘려 왔을지도 모른다. 흉터를 바탕으로 짜인 각본에서 좀처럼 개연성을 깨닫지 못하는 건, 이상한 것도 비정상적인 것도 아닌 잊힌 시간으로 인한 인식의 착오다.

이러나저러나 선택은 당신 몫이다. 결핍을 안겨준 세상을 미워할 것인지. 모든 걸 다 줬대도 큰 구멍 하나를 새겨낸 대상을 어떻게 받아들여야 할지. 나는 어릴 적 내가 타고났던 무언가와 어른들의 욕구를 바꿨더라도 그들을 계속 사랑해 보기로 다짐했다. 원인을 거꾸로 더 듬는 일은 예상외로 누군가를 미워하게 만들기보다 각자의 사정과 사연을 앎으로써 용서하게 되는 이해에 가까웠다. 이미 지나간 우주는 돌이킬 수 없고 내게 결핍을 심은 행동마저 의도치 않았던 거라면, 그건 단지 그들조차 몰랐을 무의식의 작용이었을 테니까. 오히려 흐트러진 퍼즐을 매만지는 과정에서 우리는 수많은 능력을 갖추었고, 누릴 행복도 알아갔다. 이 전부를 감정에 자유로운 사람이 되기 위한 길에 기꺼이 쏟아붓는다.

객관화는 새로운 내가 되기 위한 창조 과정이 아니다. 인생의 주인공이었던 본래의 나로 거슬러 올라가는 회귀이자 성찰이며 또 다른 나로 나아가기 위한 탈피의 연속이다. 단순히 사건의 모양이 아니라 나의 내면과 그 모든 맥락을 되짚으면서 스스로 누구인지를 처음부터 다시 알아가기로 했다. 이 기회를 앞세워 나는 억압에 괴로웠던 자신을 놓아주고, 오랫동안 갇혀있던 여러 모습의 나를 발견해 안아줄 것이다.

사람들은 작품 속 등장인물 서사에는 진심이면서 왜 스스로와 주변인 서사에는 무관심한 건지. 자신을 알아감에 있어 몰려올 감정이 무엇이라도 좋다. 분명 그건 어린 날의 자신이 숨은 이유를 찾도록 내미는 힌트일 테니까. 오르막은 두렵고, 익숙함을 깨는 건 불안정하다. 그런데 내다보지 못할 선 너머라도 목표 지점이 기다리는 걸 인지하면 어느새 두려움이 설렘으로 둔갑하기도 한다. 때로 민감함은 감각이 되고, 천진함이 무지로 비추어지듯 모든 건 다면성과 스펙트럼을 가지니까. 맞닥뜨린 장면이 난관인지, 낙관일지도 내가 보기 나름이니까. 양가의 경계에 올라선 나는 이제라도 온 감정을 있는 그대로 마주한 채 어떤 면이든 나로서 선택할 여유를 가지기로 했다.

유쾌 쌉싸름한 이 영화가 끝날 즈음에는 당신도 나와의 사랑법에 닿는다면 더할 나위 없겠다. 중요한 건 눈앞에 깔린 사건이 아니다. 남은 하루를 어떻게 풀어갈 것인가였다. 차근히 필요한 결핍을 채우며 우리는 각자가 정한 최선의 우주에서 다시 만나는 거다. 우리 영화가 100분짜리면, 주인공은 아직 지겨울 만큼의 이야기와 선택을 남겨두고 있다. 그 여정에는 웃음이 만개할 순간도, 슬픔에 휩쓸려 또렷한 표정을 오래 잃을 때도 있겠다. 연이어 되감거나 영원히 머무르고픈 희열도 수두룩하다.

지금 흐르는 장면이 엇갈린 결말을 뒤바꿀지도 모를 회상이라면, 당신은 어떤 해피 엔딩을 그려갈 것인가. 나를 사랑하는 데 늦은 나이는 없다. 적어도 오늘부터는 혼자가 아닌 여정이니 아무쪼록 외롭지 않기를 바라며, 괜찮다면 서로가 지극한 관객이 되어 저마다의 의미를 주고받는 동행자가 되어보는 건 어떨지. 팬데믹으로 멈춰진 겨울, 모든 게 끝나버린 듯한 찰나에도 나는 고작 등장인물과 영화 소개 정도 끝마친 25분의 서막을 지나고 있었다.

2장

hero OR he was raw

까불이 감정 죽이기 대작전

hero OR he was raw

까불이 감정 죽이기 대작전

별나면 혼자가 되는 결말 :　　　　　　　　　　　애
　　　　　　　　　　　　　　　　　　　　　　　　　착

　길지 않은 삶에서 이거다 싶은 진리는 하나였다. 혼자인 것보다 남겨지는 게 틀림없이 더 비참하다는 것. 어릴 적부터 내 세상의 사람은 둘로 나뉘었다. 작은 관심만 비쳐도 완전히 열어젖히는 내 마음을 잠깐 쥐고 있는 이, 그리고 쥐고 있던 마음을 이내 놓아버리고 사라지는 이. 반면에 나는 누구의 곁도 떠난 적이 없는 자신을 되뇌면서 큼직한 자부심을 챙겼다. 그래야 잠시나마 나라는 영화로부터 행방불명된 그들을 탓할 자격이 주어지는 듯했다. 어제를 되돌아보기에 앞서 나는 가진 기억을 죄다 나열해, 그마다 놓인 나의 주된 정서를 찾아 살뜰히 뜯어 보았다. 그 과정에서 일평생 한 사람을 조용히 원망했음을 알아챘다.

　인지. 나를 사랑하기 위한 첫 단계다. 마음 한구석에 남은 감정의 정체가 무엇인지 깨우치는 것부터 자기 사랑은 시작된다. 시작이 반이라는 흔하디흔한 대사에 담

긴 실체랄까. 지난날이 오늘에 미치는 영향을 모르면 해
소할 방법도 문제도 알 리가 없다. 접점도 없이 전혀 다
른 듯한 사건이 알고 보면 인과성을 띠듯이, 하염없이
남겨진 그 겨울은 스스로 무의식에 내린 괘씸함의 벌인
가 보다.

친구를 그리도 좋아하던 내가 먼저 다가가 관계를 맺
은 적은 의외로 없다. 다가온 대상을 내가 나서서 선택
한 것도 스무 살이 시작될 무렵 지키지 못하고 보낸 그
아이뿐이다.

어느 날 나는 강아지 파피용을 입양하겠다는 이모를
따라 시골 입양센터로 향했다. 입양소 아저씨는 우리가
집으로 돌아가기 직전 한 마리 더 데려갈 생각이 없냐며
내게 갑자기 물었다. 생각지 못한 돌발 상황에 무관심하
다가도 나는 두 번 버림받았다는 비글의 눈빛에 이끌려
엄마의 허락 후 그 아이를 데려왔다. 조금 넘치는 에너
지가 무슨 잘못이라고 악마견이라는 별명을 가졌는지.
여린 눈빛이 내 마음에 사무쳐 알 수 없는 책임감을 느
꼈다. 예뻤고, 까불었다. 자다가도 바스락 소리만 들리면
비몽사몽 걸어오는 식탐마저 대견스러웠다. 다시는 아
프지 않게 지켜주겠다고 만난 날부터 줄곧 아이에게 이

야기했는데, 이윽고 나는 약속을 어겼다. 자책도 눈물도 쉽사리 멈추지 않았다. 때때로 꿈에 찾아와 준 아이는 그 마음을 헤아리듯 한없이 내 편이 되어 주었고, 날마다 나는 염치없는 눈물로 깨었다. 거기서는 잘 지내달라고 이곳저곳 비는 것이 내게 주어진 최선인 줄 알았다. 이마저 언젠가 무뎌질 마음이라고 넘겨짚었다. 아니 전혀. 나는 변치 않는 계절을 살았다.

본질이 해결되지 못한 사건은 무의식에 눌어붙어 필연처럼 되풀이된다. 사실 그날 잎새가 현관문을 열기 전, 정류장에서 소원을 등진 찰나부터 나는 몇 시간 내내 울음을 반복했다. 이 묵은 눈물은 그간 풀어지지 못한 감정의 데자뷔였나. 으스러질 관계라면 애초에 뛰어들지 않는 게 마땅한가. 엄마의 부재는 아직 세상을 온전히 체감하지 못하는 아이에게 자신이 사라지는 듯한 경험일 수 있다. 아이는 엄마에게 의지해 안정을 채운다. 그러나 언젠가는 자연스레 엄마와 분리되는 과정을 거치게 되고, 그러면서 '애착 인형'처럼 엄마를 대신할 어떤 대상으로 관심을 옮겨 다닌다. 그 대상은 상실감을 줄이고, 나와 외부를 구별해 독립성을 길러주는 첫걸음이다. 아무도 나를 궁금해하지 않아 주눅이 든 시절, 선뜻 다가온 그들이 그런 존재였을까. 우리가 간직하려는 인생 영화는 보통 해피 엔딩이며, 수상하리만큼 듬성듬성해진 기억 조각은 온통 상실의 부근에서 소실되었다.

나는 말할 때 서론이 길다. 타인에게 자신을 납득시켜야 할 것 같아 쫓기는 사람은 대부분 서론이 길다. 어떻게 비칠지 겁이 나서 하나부터 열까지 다 설명한다. 오해할까, 내가 싫어질까, 매사에 흔들린다. 듣는 대상이 누구인지는 상관없다. 누군가가 곁을 떠나면 그저 내가 별로인 사람이라고 자동 번역되는 듯했다. 크게 마음을 나누어야 할 관계일수록 갖가지 조건을 핑계 삼아 주춤댔다. 아무래도 내가 오롯한 사랑을 주지는 못할 것 같아서. 혹여 상대에게 작은 생채기라도 입힐까 두려웠다. 불안에 뛰는 두근거림을 관심이라며 아양을 떨었고, 잔잔한 모습에 흥미를 잃었다. 인생의 초점이 언제 떠날지 모르는 그들에게 맞추어졌다. 누군가가 억지스러운 태도로 나를 대해도, 그 시절에는 다 상관없다는 듯 손만 내밀면 관성처럼 응하고 동요했다. 그런 나는 정말 사람을 좋아했던 게 맞을까. 두 번 다칠 일은 없게 거리라도 둘 줄 알았다면 다행일까. 자신과 닮은 진심을 수소문하다가 무미건조한 바다에 고립된 나는 조금씩 말라 가라앉았다.

그럼에도 어느 계절의 기억은 한 존재가 살아갈 땔감이 된다. 우리는 충족되었던 그 시절을 붙들며, 그것이 영원할 날만을 고대한다. 애착이랄게 없던 나는 많디많은 관찰자가 아닌 떠나지 않을 안정 하나가 그리웠나 보다. 셋만 모여도 입술 한번 쉽게 떼지 않던 나였다. 돌이켜 보면 소속감보다는 늘 한 명과 그 주변이었다. 내 슬픔의 이유는 이별인가. 애착 혹은 그의 부재인가. 오랜 인연을 동경한 것도 똑같았다. 혼자 해내기 벅찰 때, 기댈 곳이 없을 때 나를 안정되게 해줄 구원의 존재가 있다는 건 얼마나 큰 축복일까. 그것도 모르고 과거에 얽매어 눈만 질끈 감았는지. 뒤돌아 후회했는지. 울음은 보살핌을 바라는 신호이기도 하다. 때로는 누군가 알아차려 주었으면 하는 마음에서 터져 나온다. 어쩌면 나는 어디에도 기댈 수 없다는 체념에 흘릴 눈물마저 익숙히 거두었을까. 모두를 위한 이는 한 존재만을 마음껏 기쁘게 하기에 어려움이 있었다. 스스로 관찰자가 될 수 있음을 외면한 채 온 생애에 걸쳐 안전장치만 찾아 쉼 없이 떠돌았다. 사랑이 나에게 주는 의미조차 무엇인지 모르면서 잃을까 봐 망설였다. 기대하고 주저하고 또다시 찾는 모순 아래서.

공포

요즘도 엄마는 엉덩이 살을 떼서 내 왼쪽 손목 화상 자국에 붙이자고 하신다. 숟가락을 들고 어기적어기적 거실과 부엌을 누비던 나는 식탁 위로 팔을 뻗다가 뜨거운 미역국을 덮어썼다. 이 사고는 내가 태어난 지 기껏 369일이 되던 날에 터졌다. 이렇게 시도 때도 없이 부딪히고 다치고 하루가 성할 날이 없던 어린 나는 여러 고비를 넘기며 응급실 단골이 되었다. 턱이 찢어지고, 머리가 세 번 깨지고, 치아도 두 개나 날아갔다. 태생적인 게 아니라면 아마 저것들 때문에 겁쟁이가 된 걸 텐데. 그것치고는 지나칠 정도로 겁이 많았다. 제법 늦은 나이까지 어둑한 침실에서 잠들기를 주저했고, 괜스레 죽임을 당할까 봐 혼자 살기로 한 즈음부터는 죽으면 타살이라고 주위에 미리 일러두었다.

공포는 해가 되는 대상에게서 안전을 도모하는 생존법이다. 터무니없는 듯해도 무시하기가 찝찝한 게, 감은 단순한 추측을 넘어 신체가 기억한 경험의 통계이기 때문이다. 명확한 근거가 없어 보여도 실제로는 위험을 예측하는 동물적인 직감일 수 있다. 대상이 실재하지 않은 경우에도 이미지를 상상하고 부풀려서 예방한달까. 특히 분노를 적절히 배출하지 못하면 억눌린 감정이 불안이나 공포 같은 다른 정서로 드러나게 된다. 내가 무서워하는 대상이 많은 것도 억압된 분노가 공포로 치환된 결과일지 모른다. 겁쟁이라서 회피하고 억압하게 되는 순서가 아니라 억누르다 보니 어느새 겁쟁이였다.

흔히 '분노'라고 하면 빗발치는 공격성부터 떠올린다. 그런데 분노는 여느 감정과 다를 바가 없다. 위협을 느낀 동물이 으르렁대듯 결핍이 생길 상황을 감지하고 방어를 극대화하는 충동의 발화다. 오히려 위협에 처해도 아무 반응하지 못하는 상태가 더 위험천만하지 않을까. 결핍은 감정을 얼마나 존중받았는지에 따라 체감하는 정도가 달라지고, 분노는 이를 조절하려 애쓰는 과정에서 자신에게 알맞은 생존 방식을 터득하게 한다. 이처럼 분노는 자연스러운 감정이다. 만약 그 감정을 금기시해 처리하지 못하게 되면, 다른 방어기제가 시동을 걸며 등장하고, 그것은 다양한 형태로 변형되어 끊임없이 파생될 수 있다.

스스로 해하는 것도 결국은 올바른 해소법을 찾지 못해 그 에너지를 자기 쪽으로 돌리는 행위다. 분노가 바깥으로 뻗어나가지 못하면 방향을 틀어 안으로 파고들게 된다. 우울과 죄책감, 자기 비하로 나타나는 이 모든 것은 자신을 향한 은밀한 형태의 공격이자, 억눌린 감정이 만들어 낸 내적 긴장의 표현이다. 짧은 순간이었지만 나도 한때 차라리 없던 것처럼 사라지고 싶다고 생각한 적이 있다. 책상 아래 숨어 정말 다 내 탓인지 알려달라고 살려달라고 수신인도 없는 편지를 끄적인 장면만 어렴풋이 남아있다. 분명 그때 바란 건 삶의 끝이 아닌 현재 상태의 끝, 평안함이었다. 와중에 눈치를 보느라 풀어내지 못한 분노와 받아들이지 못한 공격성은 마음 깊숙이 숨어들었다. 남만큼은 힘들지 않아서 상상에서 그친 거라고, 매듭짓지 못하는 거라고 합리화했다.

나는 기쁠 때 기뻐한 기억이 없고, 신날 때도 신나본 적이 없다. 슬플 때 눈물을 흘린다는 게 부러웠다. 화상을 입기 전부터 돌아간 비디오는 연도를 넘어갈수록 점점 얌전해진 나를 담고 있었다. 거짓말처럼 미역국이 쏟아진 장면 바로 뒤에는, 몸통만 한 붕대를 팔에 감은 내가 배시시 웃음꽃을 피웠다. 그렇게 비디오의 시간을 빌려 변해가는 나를 뒤따라가던 중 화면 밖의 또 다른 내가 떠올랐다. 서글픈 밤 숨죽여 울던 나를 유일하게 달래주던 것은 음악임을 알 수 있었다. 하지만 그런 멜로디를 내 입으로 흥얼거린 추억은 없다. "음치라고 하면 어쩌지?" 대신 통기타나 다른 악기를 배웠지만, 나오지 않는 목소리 탓에 점점 재미를 잃었다. 나도 사람들 앞에서 기타치고, 건반도 두드리고, 노래하고 싶은데. 아빠는 그런 나를 발견하면 음치라며 놀렸고, '누가 연습하는 소리를 들으면 어쩌지…', '우습게 보이려나 ….' 끝없는 초조함에 소리를 삼키기 십상이었다. 내 차례로 돌아오는 노래방 리모컨은 주목 공포증에 몸부림치던 내게 시한폭탄과도 같았다. 그러므로 내가 위협에 처한 순간은 몸이 다친 찰나가 아니라 나로서 존재하지 못한 나날의 연속이었다.

오늘도 지나가는 구급차에 대고 무사함을 빈다. 다행히 지금은 조금 달라졌다고 느끼지만, 숨 쉬지 않는 물건에도 연신 사과하는 나는 그대로일지도 모른다. 누군가에게는 두리번두리번 살피는 내 걱정과 강박이 뜬구름처럼 보이겠지만, 나는 아무렇지 않을 수 없다. 분노가 와도 어리숙한 대처에 속된 결말이 그려지면서, 무뎌짐이라는 안정으로 젖어 들었다. 흐르지 않고 고인 감정은 덜 다치려는 내면의 반응이었고, 그만큼 살아있다는 감각도 차츰 흐려졌다.

순간에 빠질 줄 아는 이들이 부럽다. 타고나기를 무감각한 인간은 없다는 걸 알면서도 나는 그럴 수 없다고 스스로 옥죄게 된다. 기억할 건 나를 외칠 때 자유로워진다는 현상뿐, 겁은 나를 지키는 정도로만 써먹기로 했다. 위협을 막을 만큼 단단하지 못했던 우리의 예민한 감각은 단지 자신을 지키기 위한 섬세한 레이더일 뿐이었다. 끝이 두려워 남은 날을 전부 불안으로 산다니. 걱정과 공포라는 마술적 사고, 이를테면 어떤 일이 벌어질지 아무도 모르는 그 불확정한 틈에 묶여 나까지 잃을 필요는 없었다.

영어에는 착함이 없다 :

야한 동영상을 보지 않는다고 하면 거짓말쟁이가 된다. 대다수 사람은 자기가 아는 세상이 전부인 줄 아니까. 들를 때마다 그윽한 청국장 냄새가 났던 한 친구네 집은 학원이랑 가깝다는 이유로 중학교 시절 친구들이 모이는 장소가 되고는 했다. 종종 함께 어울리던 내가 늦게 도착한 어느 날이었다. 현관에 들어서니 좌측 빈방에서 흐느끼는 소리가 들렸다. 들어가니 모니터 화면에는 누군가가 맨살을 뽐냈고, 보자마자 나는 계단을 따라 도망쳤다. 걔네는 모른다. 그게 순발력이 만들어 낸 쇼라는 걸. 놀랐다기보다는 불결했달까. 시청 나이를 어기는 건 모름지기 큰 잘못이었다. 예전에도 비슷한 상황에 혼자 거실로 대피한 전적이 있다. 본능과 같은 호기심은 당연하게 억눌렀다.

각자 처한 환경에 따라 꾸려진 규칙과 규범은 천차만

별이다. 국가, 지역, 학교, 집안, 좁게는 나 자신과 맺은 약속까지. 우리는 모두 이런 내면화된 규범에 맞춰 행동하도록 학습되었다. 그래서 누군가가 정답처럼 속삭이는 주관까지 마치 진리인 양 착각했다. 누구와도 공식적으로 합의되지 않은 코리안 타임처럼. 특정한 나이에 무언가를 하지 않으면 틀린 것으로 여기는 것처럼. 약속되지 않은 가짜 원칙이 무질서를 비집고 뒤섞여 있었다.

착함을 지키려던 나도 마찬가지였다. 솔직하고 활달한 나는 틀린 아이였고, 그러지 않아야만 상처를 면할 수 있었다. 그렇게 작동한 이분법적인 사고는 위협을 막기 위한 방어기제가 되어 선과 악을 나누었다. 그들의 선이 내게 악일 수도 있다는 건 인지하지 못했다. 남들보다 느렸고, 달랐고, 사회가 말하는 기준에서 벗어났다는 이상함에 다른 이들과 같은 척 거짓 응답을 흘리기도 했다. 당연함으로 포장된 의미어 의심은커녕 도태될까 물러섰다. 도리어 긴장을 지나 옅은 칭찬이라도 돌아오면 어쩔 줄 몰라서 표정 관리를 하지 못했다. 입꼬리야 올라가지 마. 올라가지 말라고! 그러면서 오는 칭찬마다 의심하느라 급급했고, 그럼에도 칭찬받기 위한 사람으로 성장했다.

가장 많이 들은 칭찬은 '수민이는 착하니까.'다. 맞다.

착한 나니까 참아야 한다. 착한 건 칭찬을 듣는 가장 쉬운 방법이었다. 얌전히 어우러져 가르침 받은 대로 잘 따르면 된다. 하지만 선악이 짙어질수록 어떤 감정은 품는 것만으로도 자신을 책하게 했다. 잘못된 건 오는 감정이 아니라 그에 맞서는 나의 태도일 텐데. 제도화된 법에 죄가 생겨났고, 그 이면은 때때로 잔혹했다. 잘 지내다가도 타의에 의해 자기 검열에 치일 때가 빈번했다. 착함이란 마치 갈 길이 확고해도 언제 터질지 모르는 자연재해 속 비포장도로 같았다. 덕분에 마음껏, 어린애답게 디뎌보지도 못하고 안전한 길만 내세우며 매일 후회를 벗 삼았다.

영어에는 착함이 없다. GOOD, NICE, KIND. 겹치는 듯 닮은 단어만 넘친다. 착하다는 건 뭘까. 주입된 규범을 모두 지켰음에도 사람들은 나를 부정했고, 착하기 위해 발악하면 오히려 이상한 애로 남겨지고는 했다. 그 노력도 마음도 아무도 알아주지 않아서 서러웠다. 혼자 있을 때조차 감시받는 기분에 아무것도 할 수 없던 건 약인지, 악인지. 정체 모를 불안에 조이고 조이다가 닳아 버린 못처럼 짓누르는 습관은 욕구와 감정의 상실로 남았다. 내 영화에는 남들이 평범함이라고 부르는 일상이 존재하지 않았다. 이게 좋고, 멋지고 친절한 거라고? 누구한테 착한 건데? 선악은 그 자체에 깔린 특성이 아니다. 그건 가닿는 인물에 따라 발현되는 감정과 주관으로 판별되는 평가와 길들임의 방식이었다. 그렇게 이상하게 보는 시선이 더 괴로워서 자책 속에 틀림을 바로 잡지 않은 건 착함의 범주에서 벗어난 일탈이 되었다. 무슨 의도인지, 무얼 원하는지 다 알면서 모르는 척 내둘렀다. 동의에는 이유를 묻지 않는데, 반대에는 끝없는 물음표가 붙으니까. 그게 자기감정을 분리하고 죽이는 자기 파괴의 일종일 줄은 생각지도 못했다.

내가 착하지 않은 사람일까 두렵다. 시시때때로 몰아치는 평가를 넘어 나조차 스스로 잣대를 만들어 감정의 자유를 빼앗았다. 자기 통제된 규칙 사이 평범함이 인생의 목표가 되었다. 습관이란 참 무섭다. 당연함은 본디 자연스러운 건데, 우리는 적응력이 꾸민 익숙함을 당연함이라고 부른다. 혹여 자연스러움을 논하면 어떻게 그러냐면서 '원래'라는 단어로 도로 가둔다. 어떤 감정이든 몸소 겪어야만 휘발된다. 그래야만 다음 감정이 자연스럽게 드리울 수 있다. 그러나 참는 걸 지속하다 보니 점차 감정의 방향은 흐려졌고, 틀리는 것에 대한 공포로 사용법을 내다 버린 감정은 얼어붙고 말았다. 그래서 힘들었다. 하고 싶어도 아무것도 할 수가 없어서. 마음 통로를 무언가가 막아선 듯 의지와 달리 움직여지지 않는 상태로 지난날을 보내왔다.

단단한 이는 자신을 껍질로 감싸는 데 기운을 허비하지 않는다. 유연한 교류와 갈등에 얼마든지 맞서며 자신을 확인하고 확신을 키워간다. 객관화에서 가장 만만치 않았던 건 살려는 발악도 없이 무뎌진 감정이었다. 나와의 사랑법을 찾아가는 이 여정의 일차적인 목적은 사회가 바르다고 정의하는 감정만이 아닌, 나에게 스미는 모든 감정을 그대로 느끼는 능력을 되살려 줄 심폐소생술이었다. 감정이 이성으로 가는 길목에 뒤엉킨 덤불을 걷어내 실컷 기뻐하고 분노하고 슬퍼하는 것이다. 그동안 내가 나로서 존재해 온 시간은 얼마나 될까? 취향이 무어냐는 사소한 질문에도 그럴싸하게 학습된 답만 빌려 온다.

— 오늘은 뭐 하고 싶어?

누구는 어떤 것 같던데, 나는 다 괜찮지. 얼버무린 대답에 다음 질문이라도 이어지면 '갑자기 그건 왜 물어?' 하며 궁금해하는 이를 탓해 방어적인 자세를 유지한다.

상대를 가해자 위치에 놓아 탓할 타당성을 부여한다. 무엇을 지키려는 건지. 유일함을 묻고도 정답이 있는 낯익음에 정형된 답을 준비하게 되는지. 모두가 정답인 서술 칸에 내가 아닌 가짜를 끄적인다. 정답을 외치는 계발서는 때로 본질을 흐트러트린다. 완고한 목소리에 밀려 표현을 아끼게 되면 또 하나의 취향이 조용히 옅어진다. 야무지게 진열된 것 중 그나마 자신과 닮은 걸 골라 평균치에 머무르려는 이들. 하지만 그마저 따르지 않아 사회가 말하는 정상성에서 벗어난 나라는 이상함. 그림자가 진 마음에는 언제쯤 해가 들까. 애만 태운다고 저절로 찾아오지 않는 감정의 봄을 기다리고, 또 기다렸다. 그런데 문득 이런 생각이 들었다. 볕이 드는 곳으로 내가 나설 수는 없나. 왜 기다리기만 했지?

낙인

전부 대본 아니야? 방송상 그런 거라면 다행이다. 최근 한 상담 프로그램을 보며 나는 눈과 귀를 의심할 수밖에 없었다. 빈말을 선호하지 않고 매사 진심인 내담자의 고민에 상담자는 한숨을 내쉬며 사는 게 힘들겠다고 헛웃음을 쳤다. 게다가 인사치레를 사회에서 공통으로 쓰이는 말이라며, 거기에 주관적인 의미를 얹는 건 괜한 고생이라는 식으로 말을 덧붙였다. 덕분에 용기 내어 속마음을 꺼낸 내담자는 그 공간에서 이상함을 증명받아 홀로 남겨진 듯한 쓸쓸한 표정을 지었다.

우리는 자신보다 아는 게 많아 보이는 인물의 언어를 정답이라고 믿는다. 의문을 내비치면 그보다 잘 아냐며 잽싸게 디펜스게임을 시작한다. 전문가도 자기 경험과 데이터를 언어로 바꾸어 전하는 한 사람일 뿐인데. 예상대로 영상 댓글은 상담자의 견해를 그대로 받아들이는 비중이 현저했다. 이처럼 내가 스스로 믿지 못할 때 의

심을 굳건하게 심어준 사람도 다름 아닌 중학교 담임선
생님이었다.

　맞아도 싸다. 급식소에서 물을 마시던 중 식탁 네 칸
정도 떨어진 자리에서 작년에 같은 반이던 한 친구를 발
견했다. 내 옆에 있던 다른 친구는 잔반이 아깝지 않냐며
물었고, 밉살스러운 시절에 나는 반토막 낸 고추를 저 멀
리 던지고 도망갔다. 급식소를 나와 컴퓨터실 옆 바닥에
서 놀고 있을 때였다. 고추를 맞은 친구가 찾아와서 나를
이불 빨래하듯 짓밟았다. 흰색 교복은 순식간에 검정 그
러데이션으로 탈바꿈했고, 우당탕한 소음에 정보 선생님
이 나와 컴퓨터실 앞에 우리를 벌세웠다. 얼마 지나지 않
아 식사를 마친 담임선생님이 지나갔는데, 선생님은 한
심하게 나를 내려다보며 친구에게만 말을 건넸다.
　─너는 몇 반이니? 원래 저런 애니까 네가 참으렴.
　누가 봐도 옷은 내가 더러웠는데, 아무 상황도 모르는
선생님은 대뜸 친구만 달래서 들려보냈다. 아니 내 잘못
이기는 한데, 뭐지? 때마침 다음 수업이 담임선생님이었
다. 반에 가자마자 느닷없는 손 들기 게임이 시작됐다.
　─잘 봐. 너희 중에 이수민이랑 진짜 친구인 사람? 눈
감고 손들어 봐. 비밀로 할 테니까 걱정 말고 손들어.

당사자는 버젓이 눈을 뜨고 있는데, 손드는 애들끼리
비밀인 게 무슨 소용일까. 당황한 사십 명가량의 친구는
서로 눈치를 살피고 눈을 감았음에도 아무도 손들지 않
았다. 수업이 끝나고 선생님이 나간 후에야 애들이 다가
와서 미안을 읊조렸다. 나는 괜찮다는 표정을 지었지만,
어렸던 만큼 돌아온 사과와 스스로에 대한 의심은 별개
였다. 청소 시간이 끝날 때까지 내 머릿속은 친구들에게
선사한 곤란함과 미안한 마음으로 철렁했다. 선생님은
내게 딱 한 마디만 남겼다. "너는 여기 무리도 아니고,
저기 무리도 아니면서 도대체 뭘 하고 다니는 거니?" 무
리. 무리. 무리수다. 돌이켜 볼수록 참신한 발언이다. 똑
같은 발언은 나와 관련이 없는 일이 벌어질 때도 되풀이
됐다. 커서 알게 된 건 딱 하나. 그때 던진 고추가 콩나물
국에 빠져 국물이 튀었다는 것. 친구는 여전히 내가 고
추에 물을 담아 던졌다고 확신한다. 아니래도 믿지 않
는다. 역시 꺼내지 않은 마음과 판단에 따라오는 오해는
필연일까.

내가 가진 장난기 많은 이미지와 그들의 고정관념
은 상황 설명 없이 답을 내렸다. 그래? 아니면 말고. 돌
아보면 그로 인해 남겨진 억울함에는 작은 관심도 없었
다. 혹여 피해를 주장하면 그건 유별난 거라고 했다. 도

리 없는 행동에 유도리를 논하던 그들은 상황을 가벼이 결론지으면서도 그 이상을 알려고 하지는 않았다. 궁금증을 해소해 줄 가십거리 정도의 앎이면 충분하다는 듯, 자기 생각에서 벗어나면 발끈했다. 그 분노는 누구의 결핍일까. 반대로 참아서 얻는 건 만만한 호구 이미지였다. 실제 모습은 보이지 않았고, 보려고도 하지 않았다. 이미 편향된 인식은 상황이 완벽히 설명되어도 좀처럼 흔들리지 않았다. 가만 보면 '네 말이 맞긴 한 데⋯'라고 말은 하면서도, 그들은 정작 옳고 그름의 불편한 진실을 피해 자기 말을 범주화하고 편을 만드느라 분주했다.

그로써 나의 의심도 그늘진 확증으로 탈바꿈했다. 정말 내 잘못인가? 아니면 나라서 잘못인 건가? 그래. 역시 내가 틀린 게 맞겠지. 미안. 다 내 잘못이야. 어느덧 그들의 목소리는 내 의식을 에워쌌고, 조금씩 내재화되어 무의식 한편에 낙인처럼 새겨졌다. 사람은 누군가 뒤에서 자전거를 잡아준다는 생각만으로도 페달을 굴릴 힘을 얻는다. 인정을 통해 확인받아 안정을 느낀다. 어릴 적 나는 지지를 충분히 받으며 자랐지만, 그에 비해 인정은 여러 환경에서 결핍되어 있었다. 그게 바로 내가 가진 결핍이자 지금의 나를 만든 결정적인 요소다. 이미 약해진 말에 힘을 기르는 방법은 증명뿐이었다. 그러나 미움받으면 어쩌나 함부로 나서지 못했다. 사람은 위협을 느끼면 본능적으로 탓할 대상을 찾는다. 그런데 이미 스스로 틀렸다고 확신한 상태에서는 그 원인이 늘 자기 자신으로 향한다. 상대에게는 문제가 없었다. 그렇게 사과와 눈치는 습관이 되었고, 사회에 맞춰 나는 조금씩 얌전해졌다.

전문가 역할은 정답 제시가 아니다. 여유를 품은 한 사람이 나누는 인정과 지지의 선순환이다. 이론이 자기방어를 위한 무기가 되어서도 안 된다. 적어도 상담자면 내담자를 받아들일 준비가 되어있어야 하지 않을까? 상대와 연결되지 않은 대화 앞에서 지식과 진단이 무슨 소용일까. 무엇보다도 윤리적 책임과 신뢰가 요구되는 자리인 만큼, 분석이나 조언에 앞서 질문과 공감을 통한 심리 교류로 내담자를 이해하는 과정이 선행되어야 한다. 내담자가 의심을 내려두고 편히 감정을 드러내도록. 판단으로부터 자유로워지게 해야 한다. 만일 프로그램 상담자가 나였다면 이 말부터 전한 다음 내담자를 위한 선택을 제안했겠다. 같은 말을 해도 사람마다 의미가 다를 수 있으니, 보편적인 의미의 차원에서 의도를 헤아리려고 노력할 수밖에 없다고. 존중은 쌍방이라고 말이다.

위 상담자도 닮은 말을 했지만, 방송상 편집된 거라고 믿는다. 다수가 줄임말을 쓴다고 해서 반드시 따라야 하는 것은 아니다. 심지어 인사치레에 담긴 속뜻이 아니라 글자 그대로가 이미 우리말로 약속된 공통 언어다. 내가 상담자 언행에 의문을 품게 된 것도 애초에 주관을 부여한 게 내담자가 아니었기 때문이다.

약속되지 않은 의미에 다수와 소수는 중요치 않다. 아직 우리에게는 독심술 같은 능력이 없고, 드러나지 않은 각자의 의미를 이어줄 수 있는 유일한 힘은 서로를 헤아리려는 관심뿐이다. 결핍과 진실. 우리는 그간 무얼 나누었을까. 결핍은 분노를 타고 쉽게 퍼진다. 나는 그런 부정적 감정이 전염되듯, 진심도 사람 사이에서 퍼질 수 있다는 사실을 가슴에 새겼다. 책을 읽는 순간에도 마치 한 사람과 깊은 대화를 주고받듯 그만의 언어를 파헤친다. 중요한 것은 그 책을 이해하려는 마음이 얼마나 있는가다. 서로 간에 관심을 기울이다 보면 진심의 무게만큼 저마다 가진 의미에 대한 존중도 오갈 날이 올까. 세상이 내세우는 의미와 상관없이 우리 스스로 받을 영향을 자유로이 택하며, 상대방의 다름과 다채로움도 존중할 수 있을까.

　그동안 나에게는 틀리지 않았음을 확인시켜 줄 인정이 필요했다. 인정, 그것이 타인의 손길 없이도 스스로 해줄 수 있는 일상의 표현인 줄 몰랐다. 그래서 이해받지 못한 나의 의미 앞에서 그 한마디를 얻으려고 이토록 긴 시간을 달려왔다. 하지만 이제는 이상하게 느껴져도 괜찮다. 내가 나를 알고, 스스로 확신할 수 있다면 우리는 언제나 안전할 테니까.

앞니 두 개 실종 사건 :

트
라
우
마

꿈은 무의식의 드라마다. 하룻밤에도 셀 수 없이 많은 꿈을 꾸는 나는 자연스레 깬 게 언제인가 싶다. 누구는 뒤통수에 버튼이 달려서 누우면 잠들고 눈 뜨면 아침이 라는데, 나는 왜 그 버튼이 없을까. 오 분마다 알람에 쫓기듯 매일 꿈에 많은 에너지를 쏟는다. 그 생김새도 거기서 거기다. 긴박하게 모험하고, 떠밀리듯 사람을 만난다. 분노를 뿜는 인물과 날아드는 온갖 물건에 신경이 곤두선다. 간헐적으로 이가 빠지고 부러진다. 반복되는 꿈에서는 미리 준비한 대처법을 시도해 보기도 하는데, 여전히 브레이크가 작동하지 않는 자각몽에 빠진 채 나는 서서히 부서져 간다.

삶이라는 시간 속에서 우리는 트라우마와 함께 살아 간다. 그중에는 개인이 감당하기 벅찬 극악무도한 사건 도 있지만, '겨우 그거?'라고 여길 법한 사소함도 수두룩 하다. 사소함도 나름이니까, 나의 모든 계절은 살아감을 완전히 뒤바꾼 인생의 주요 사건이었다. 초등학교 5학년 늦가을, 앞니가 행방불명된 그 사건도 마찬가지다.

동생 따라 컵 스카우트에 가입한 내가 첫 체험학습을 떠난 밤이었다. 처음 만난 친구들과 숙소에서 경찰과 도둑 놀이를 하던 나는 디귿 모양 소파 뒤로 잽싸게 뛰어 갔다. 그때 한 친구가 소파에서 일어나 팔꿈치를 크게 휘둘렀다. 눈을 떠보니 얼마 전 새로 자란 아랫앞니 두 개가 사라졌다. 반에서 제일 큰 애와 앞에서 두 번째 줄쯤 걸쳐있는 애. 나는 망치로 내려친 듯 정신이 멍했다. 얼른 병원에 가야 할 것 같은데, 인솔 선생님은 고산 지대라 통신도 잘 안 터지고 아직 일정도 남았다며 기다리라고 했다. 이가 시려서 끼니도 제대로 챙기지 못한 나는 치아 조각을 손에 꼭 쥔 채 집 갈 시간만 애처로이 기다렸다. 다음날 애들이 먹던 그 추로스. 정말 맛있어 보였는데….

16년이 지났지만, 입에 발린 사과나 괜찮냐 같은 위로는 듣도 보도 못했다. 나도 뛰어갔으니 한 사람의 과실이 아닌 명백한 쌍방이었다. 그래서 밉기는커녕 방황하던 친구 눈빛만 아른거린다. 담당 선생님은 학교에서 사라진 지 오래였다. 나는 잘못을 절대 인정하지 말라며 친구를 타이르던 그의 부모님을 포착했다. 가만히 서 있는 팔꿈치에 내가 달려가서 들이박은 걸로 하겠단다. 다들 모범생 이미지인 친구의 말을 곧이곧대로 받아들였다. '얌전하지 않다.'는 이유를 들어 잘못의 주인은 이미 정해져 있었다. 사실이 아니니 아무렇지 않았는데, 해명하지 않았다는 이유로 기정사실이 되어있었다. 묻는 이가 없어 정정할 기회도 없었다. 솔직히 너무한 게, 아무리 그래도 내가 또래의 팔꿈치 높이만큼 키가 작지는 않았다. 갈수록 창의적으로 어! 이가 없다.

이 사건에 쐐기를 박은 건 같은 현장에 있던 그의 친구였다. 갈등이 깊어지면서 사실관계를 따질 기회가 생겼는데, 무슨 이유인지 그 친구는 상대편 부모님 말씀이 사실이라며 수긍했다. 아니 땐 굴뚝에서 연기가 나는 건 그들의 입김이었나. 그는 손과 온몸을 심히 떨면서 증언했다. 우리 부모님은 상대측을 괘씸해하다가도 그 모습에 괜히 미안함과 안쓰러움을 느꼈고, 그로 인해 이어질 변론 과정을 멈추었다. 이다음 기막힌 소문이 들렸다. 이게 다 돈을 뜯어내려고 작당하는 거라고. 그렇지만 우리 부모님이 요구한 건 단 하나였다. "아이에게 사과 부탁드립니다."

그날 이후 두 친구는 빼닮은 눈치를 살피며 나를 피해 다녔다. 아이의 감상과 충동이 뭉개진 자리에는 어른의 욕망이 들어찼다. 나에게 꿈으로 남은 이 사건이 그들에게는 어떤 형태로 남았을까. 진실은 그저 여럿일 뿐인 다수로 인해 왜곡된다. 요란한 거짓은 손쉽게 진실의 탈을 쓰고, 진실은 거짓으로 치부된다. 진짜가 무엇인지는 재미로 떠드는 이들에게 별로 중요하지 않다. 사과는커녕 나에게는 반 이상 작살난 치아라도 지켜야 하는 여정이 펼쳐질 뿐이었다. 엄마와 나는 여러 치과를 수소문했지만 임플란트가 필요하다는 진단만 수두룩 받았다. 하지만 엄마는 몇몇 전문가 말에 그치지 않았고, 끝내 신경을 살리자는 치과를 찾았다. 치과 원장님은 신경 치료를 한 후 임시 치아를 덮고 나중에 불가피할 때 크라운을 씌우자고 나를 달래주었다. 그날 충격은 치아 두 개를 넘어 다른 신경도 다치게 했는데, 이 정도라서 다행일까. 꿈꿀 때마다 되새겨지는 열두 살의 계절에 마른 땀을 흘리다가도 치과 원장님과 엄마, 그리고 버텨준 치아 뿌리에 감사를 전한다.

나는 누구도 믿지 못한다. 입도 뻥긋한 적 없는데 허언증 환자가 된 기억 때문일까. 반에 분실 사고가 일어나면 금시초문임에도 무작정 자신을 의심했다. 물건 주인이 나라도 다를 건 없었다. 현실인지. 꿈인지. 아니면 해리 상태에 빠져 기억하지 못하는 무언가가 있는지. 분명 기억하지만 믿지는 못한다. 분명한 순간에도 나서지 못하고 과거만 곱씹었다. 이런저런 강박도 거세졌다. 방금 확인했는데, 잘못 봤는지 다시 가방을 뒤적인다. 누가 덮치면 어쩌나 뒤돌아 경계한다. 시간은 언제나 몇 배의 여유를 둔다. 여태 엮인 적도, 알 길도 없이 시야를 거친 이들의 얼굴과 특징을 기억한다. 아니 떠오른다. 몇십 년이 지난 지금까지도 길거리에서 누군가 닮은 이와 스치면 문득 그려질 정도다. 누구나 그런 줄 알았다. 빠른 상황 판단을 위한 연상력과 통찰력, 그리고 기억력. 위협을 예감하고 대비해야 했던 반응 체계의 강화는 나를 감싸는 동시에 가두었다. 메타인지는 거의 모든 과거를 각인시켰고, 마인드맵은 삽시간에 펼쳐졌다. 경험과 세상의 정보로 익힌 경우의 수가 무한히 나열되면서 단순함과는 더할 나위 없이 멀어졌다.

— 그때 그거 뭐였지?

잎새는 그런 나를 외장 하드로 애용했다. 힌트라고는 그의 표정뿐이었지만, 직관적으로 생각나는 것을 내뱉으면 대부분 적중했다. 잠깐인 줄 알았던 꿈과 사건들. 연극처럼 암막이 걷히면 무슨 일이 있었냐는 듯 살아가는 이들을 보며 자신에 대한 의심을 마저 이어간다. 혼자 사는 집에서도 끊임없이 경계하고, 불안해하고, 꿈꾸다가 깬다. 이미 안정은 멀찍이 달아났다. 언제쯤 벗어날 수 있을까. 잊히기는 할까. 매 순간의 불안정함은 무용한 완벽주의를 선사했다. 그런 일상의 연속은 무엇에도 몰입할 수 없는 피상과 융통성 없는 꼿꼿함만 파생시켰다. 그러면서 반강제로 맺어진 치과라는 보살핌의 관계와 손길에 알 수 없는 안정감을 느꼈다.

매일 혼자에게만 소란스러운 적막한 밤. 생각하다 많아진 생각에, 아니 많은 생각에 이어진 생각에 잠이 오지 않아 아무도 없는 집을 일어나 거닌다. 이 암흑이 도무지 익숙해지지 않지만 그래도 꿈꾸지 말고 푹 자자는 말이 들려오면 가라앉기도 하는 요즘이다. 때로는 달가운 꿈이 내일의 시작을 환하게 만들지만, 기왕 꿈 없는 까만 밤을 맞이하기를. 매번 그렇게 말해 주어 더없이 고맙다고. 시간차 우연인지는 몰라도 더는 이 빠지는 꿈을 꾸지 않는다. 차디찬 꿈자리가 바뀔 거라고 믿게 해 준 당신의 밤에 두 손 모아 바란다. 오늘도 꿈꾸지 말고 편히 잠들자고.

참는 게 이기는 건 둘째치고 :

억
압

'네가 참아야지'라는 건 내가 살면서 들은 말 중 제일 최악이었다. 여동생이 있다. 외할머니도 같은 동네에 계셔서 열한 살까지는 사촌도 함께 자랐다. 우리는 아파트 네 단지 정도 떨어진 서로의 집을 드나들며 여느 형제처럼 어우러졌고, 곧잘 다투었다. 왜 다투었는지는 기억나지 않는다. 아마 어린애들 싸우는 흔한 이유에 흔한 다툼 아니었을까. 이처럼 내가 느낀 둘째의 서러움도 흔한 집안 모습 중 하나였다. 싸우면 주로 아빠나 외삼촌께 혼났는데, 새초롬한 회초리로 맞거나 책 들고 무릎을 꿇었다.

어떻게 혼나는 게 공평한 걸까. 책 개수? 벌서는 시간? 정답이 없으니, 모두에게 공평하기란 쉽지 않고 실은 어떻게 혼나는지도 상관없다. 내가 잘못한 날도 있고, 누나나 동생이 잘못한 날도 있다. 어느 날은 쌍방이거나 오해가 있었을지 모른다. 그런데 이유 불문 결론은 나에게 참으라는 말이었다. 누나랑 싸우면 동생이니까 참아야지. 동생과 싸우면 형이니까, 오빠니까 참아야지. 그러면 나는 도대체 정체가 뭘까. 차라리 잘잘못을 정확히 따져 잘못한 크기에 알맞게 혼나거나, 스스로 변론할 기회라도 있었다면 좋았을 텐데. 내 언어는 곧 말대답이었고, 이 다툼이 누구 잘못인지는 안중에도 없었다. 그러니 다툰 이유도 기억날 리가 없다. 무슨 일이 있었는지, 기분은 어떠했는지. 나에게 물어봐 주는 이는 어디에도 없었으니까.

아빠에게는 '말대꾸 금지'라는 원칙이 있다. 그건 의도치 않게 아이의 감정에 흠집이 나더라도 지켜야만 하는 교육 방식이다. 설명이 요구되는 상황에서마저 떼어지지 않는 이 원칙이 이해되지 않아 억울함을 꺼낸 적도 있다. 하지만 질문에 돌아온 답은 언제나 말대꾸. 한동안은 이유가 있겠지, 이유가 있겠지, 했다. 그런데 발언권 한번 내어주지 않는 이유를 나로서는 도저히 알 수가 없었다. 반문하더라도 어린애가 제대로 된 논리를 갖추기는 힘들었겠지만, 우긴다거나 편들어달라는 건 아니었다. 어느샌가 입장을 변론하는 게 아닌 한 번만 들어 봐 달라고 사정하는 내가 웃겼다.

지금에야 그동안 봐온 그의 환경과 '칠 남매 중 넷째'라는 키워드로 자초지종을 헤아린다. 애석하게도 나에게 생길 결핍은 태어나기 한참 전부터 결정되어 있었나 보다. 나중에 알게 된 건 결백을 밝히고 싶은 나와 달리 여동생은 빨리 지나가기를 바라 조용히 있었다는 거다. 같은 환경, 같은 상황에도 각자의 내력에서 비롯된 방어 기제는 달랐다. 여동생은 부단히 입을 다물었다. 안 들어줄 게 뻔한데 시도하는 나를 갑갑하게 느꼈으며, 이십 대 중반 무렵이 되어서야 뒤틀린 기억을 가다듬었다. 이같이 회피 성향을 보인 여동생과 달리 나는 여러 사건을 거칠수록 억울함을 삼키거나 잘못됨에 순응하는 게 힘들어졌다. 가만히 받아들이면 전부 다 참지 않는 내 잘못이라고 인정하는 것 같았다. 그렇게 없는 잘못까지 지어내면서 모든 찰나를 의심했다. 하지만 말대꾸로 귀결될 것을 알기에 누구에게도, 아무것도 물을 수가 없었다. 어느 순간 할 말이 머릿속을 스치듯 흘러도 작동하는 보안 기능에 삐뚤어진 입술부터 깨물었다. 철통 보안을 뚫는 데 기어이 성공하더라도 금세 또 다른 의심이 이어졌다. 이유를 알려주지 않으면 나는 내 모든 것을 의심할 수밖에 없다. 어느새 양손잡이가 되어버린 여느 왼손잡이들처럼 태초부터 틀린 사람으로 남겨진다.

그렇게 중심을 잃은 감정은 점점 생략되고, 이미 분리된 부모의 가치관이 무의식을 향해 일사천리로 스민다. 그런데 그마저 모순이 생기면 아이의 내면은 풀리지 않은 의문과 분노로 들이차고, 반복될수록 억압이라는 최후를 맞이한다. 그게 상처받은 아이의 생존법이다. 누군가가 이해하지 못했거나 부정했던 표현은 아이가 재차 감정을 느낄 때 검열할 자의식을 끌어낸다. 내 마음과 현상이 배제된 선택이 유일한 오답이라는 진실을 알아차리지 못하고, 충실한 자신은 삐뚤어진 표현법을 가진 나로 무의식에 저장되었다.

이러한 사실을 깨닫지 못하면 비슷한 상황이 연출될 때마다 불안에 매몰된 선택을 할 확률이 높다. 말대꾸하지 말라던 아빠의 행동은 미워할 수 없는 '투사'로 보인다. 투사는 자기 특성을 부정하는 동시에 다른 주체에 원인을 돌려 감정을 정당화하는 방어기제다. 어느 날 나는 어떤 사람을 보고 답답해 짜증이 났지만, 다른 누구는 그의 같은 모습을 보고도 아무렇지 않았다. 이처럼 외부에 느끼는 부정 감정은 대체로 투사였고, 그건 내 결핍을 나타내주는 명백한 신호였다. 감정은 결국 주체를 가리키는 표식일 뿐이다. 내 안에 이유가 없다면 그 무엇도 나를 흔들 수 없다. 아무도 던지지 않은 돌에 움츠려서 피해 호소만 속출하는 아이러니랄까. 스스로 다루어야 할 감정을 외부의 탓으로 넘기는 건 처리할 기회마저 떠넘겨 무력한 상태를 자초하는 행위였다.

우리는 결심한다. '나는 안 그래야지.' 그러면서 은근히 상처 준 이들을 동일시한다. 동일시는 타인의 모습을 무의식에 닮아가는 걸 칭하는데, 두려워하는 대상의 특징을 가져와 그 감정을 해소하기도 한다. 평가받으며 자란 우리는 어느새 남을 비교하고 평가하는 사람으로 변하고는 한다. 이렇게 흩어진 감정과 결핍이 대물림되는 건지, 큰아빠만 열렬하게 챙기던 할아버지의 사랑은 아빠께 평등이라는 단어로 깊숙이 자리했다. 하지만 은은하게 세습된 권위적인 특징은 그 원칙마저 모순으로 흐트러뜨렸다. 나의 학창 시절 내내 아빠는 오늘 하루도 고생했다며 밤마다 빠짐없이 다리를 주물러주었다. 그만큼 자상한 사람이다. 모든 초점이 가족에 맞추어진, 언어유희의 강자로서 빼어난 유더러스함과 무엇이든 무조건적으로 지지해 주는 초월적인 존재라 믿어 의심치 않는다. 그런데 어떤 면에서는 마음속 어린아이를 품은 한 사람일 뿐이었다.

만일 나를 괴롭히고 싶다면 이 방법을 추천한다. 억울

함에 빠트리고 아무 해명도 못 하게 입을 막으면 어지간 해서 성공이다. 대꾸하지 말라고 말을 끊기 전에 억울함을 전해야 했고, 끊긴 후에 남은 건 상처와 답답함이었으니까. 멀리서는 이 사례가 보편적인 어른의 훈육과 자신을 끝내 피력하지 못한 아이의 뒤늦은 투정으로 보일지 모른다. 그런데 우리가 느끼는 정당한 감정은 어느 가르침보다도 주요하다. 자세히 보면 정서가 찢기는 일상의 반복에 아이는 불의를 당해도 자신부터 의심하는 고리타분한 미래에 도달하였다. 이제 그 아이는 자신의 세상에서 그런 일이 되풀이되지 않도록 노력하겠지만, 한편으로는 자신도 모르게 반대편에 서서 동일시된 장면을 연출할지도 모른다. 이는 무의식적으로 과거의 고통을 반복하려는 심리적 방어 행동이다. 그렇게 악순환은 유지되며, 절망 안에서 자신을 대하듯 세상을 바라본다. 더불어 억눌린 표현과 습관적 평가까지. 어른이라는 관찰자가 남긴 결핍은 안타깝게도 아이가 스스로 해결해야 할 문제로 전가됐다.

통증과 애증 사이 :

뒤뜰에 들어서면 배부터 까뒤집는 우리 집 막내 포도 가 무지개다리를 건넜습니다. 엄마가 쪽문을 여는 소 리에 포도가 몸을 누인 그 찰나 앞마당에 풀어둔 다른 내 가족이 급습하면서 단숨에 숨통을 끊었습니다. 미 운 마음과 그간 사랑한 시간. 아무리 생각해도 제가 선 이곳이 어디에 가까운지 모르겠습니다. 이제 저는 어 떡해야 할까요.

유년 시절인 아이에게는 세상 전부였을. 그토록 작고 느린 날 벌어진 사건들. 내 머릿속을 가장 먼저 스친 건 못 말리는 악동이었다는 소문이 무색하게 소심하고 자 기표현도 제대로 못 하는 현시점의 나였다. 어린 나는 어디든 한 명쯤 있을 법한 까불이였다. 하지만 나대로 나름 특별했다. 같은 사람이 없는 건 물론, 특정 단어로 묶인대도 다 다르니까. 더욱이 한 공간에서 태어나 같은 부모님께 자란 쌍둥이마저 서로 다른데, 유일무이한 우리는 보란 듯이 특별하다. 어릴 적에는 누가 알려주지 않아도, 척하지 않아도 잘 알았다. 분명 나는 나에게 충실했다. 울고프면 울고, 마음 가는 대로 움직이는 인생의 주인공이었다. 그런데 언제부턴가 단역이나 엑스트라일지도 모른다며 의심한다. 그때도 지금도 인생은 일인칭으로 똑같은데 말이다.

— 넌 기억 안 나지? 네가 얼마나 말썽부렸었는지.

친할머니댁에 가면 친척들은 무턱대고 묻는다. 과거를 잊은 죄수를 꾸짖듯이 그때의 너를 알라면서 상기시킨다. 마침내 그들은 어린애 감정 죽이기에 성공한 사실을 자랑스럽게 나눈다. 지난날이 어떤 영향을 끼쳤는지는 알지 못한다. 아무런 대꾸 없이도 같은 절차를 요구하는 숙주가 존재하듯 동생들과의 비교도 이어졌다. "저 정도면 약과야. 네가 쟤네보다 심했어. 기억 안 나지?" 그래 맞다. 기억나지 않는다. 그래서 당사자여도 증인석에 앉을 기회라고는 없으니 가벼운 변호도 내놓지 못했다. 그들이 말하는 잘못이라는 조각을 그대로 받아들일 수밖에 없었다.

그들이 일관된 태도를 보였다면 차라리 나을 뻔했다. 심지어 얼마 전에는 불쑥 '그건 어린아이의 활발함이었을 뿐'이라고 말했다. 그들은 같은 말을 이십 년 가까이 내뱉은 후에야 내게 고백했다. 그걸 왜 이제야 알려주는 걸까. 그 때문에 나는 나를 이해하기까지 너무도 오래 걸렸는데. 나는 자질구레한 사고도, 규정에서 벗어난 삐뚠 행동도 일절 한 적 없는 표현에 가감 없는 아이였다. 나를 제일가는 악동으로 기억하는 것도 그들 경험에 밝은 아이가 처음이기 때문이었다.

엄마의 말로 미루어 볼 때 대체로 내 표현은 싫어서 하지 말라는 의사 전달이었다. 움직이지 못하게 팔다리를 붙잡아 중요 부위를 희롱하는 삼촌들 행위가 수치심을 남긴 건 분명했고, 안 한다는 말로 안심시키고 반복되었을 때는 타인에 대한 신뢰를 잃게 만들어 경계를 품게 한 것도 사실이었다. 무뎌질 때까지 견뎌야만 하는 존재는 어디에도 없다. 나는 괴롭힘당하지 않기 위해 발악했을 뿐이다.

그나마 다행인 건 우리 엄마는 그들 행태를 티끌만큼도 받아들이지 않았다. 내 반응이 틀린 게 아니라 그들이 방자했고, 이 또래 아이는 에너지 넘치는 게 정상이라며 그들을 의심할 수 있게 도와주었다. 실제로 위협에 처한 존재가 자기 의심에 빠지지 않도록 막아 주는 건 오롯하게 봐주는 인정 하나면 충분하다. 틀리지 않았음을 알려줄 딱 한 사람. 감정에 매몰되기 전 의심이라도 할 틈을 남겨주는 거다. 유독 친가에서만 반발이 일어난 것도 나의 이중성이 아니라 순전히 내 탓이 아니기 때문이었다.

평소 애교스럽고 수더분한 아빠가 감정을 주체하지 못하는 순간이 있다. 할아버지와 동일시된 듯한 이때마다 나는 숨죽였다. 유일하게 나를 인정해 주는 엄마가 무너지면 나도 무너져서일까. 그럴 때마다 나 홀로 버려질 것 같다는 생각에 빠져나오지 못했다. 혹여나 일어날 이별을 암시하면서 몸 둘 바를 몰랐다. 동시에 그것 외에는 사랑할 이유밖에 없는 아빠를 차마 미워할 수가 없었다. 나를 사랑하는 이를 미워하는 것만큼 괴로운 것도 없으니까. 나와 달리 매사 꾸준한 아빠를 동경하다가도, 아빠처럼 한순간 화를 내보이는 사람이 되지 않아야겠다고 몰래 다짐할 뿐이었다. 그래서 내 불안은 한 사람의 분위기가 미세하게 달라지는 순간 고개를 내밀었고, 그것을 예민하게 감지할수록 선명해졌다. 모든 사건은 다름없이 스스로 탓하면서 끝났다. 아무 반응도 하지 못하는, 비슷한 맥락을 부단히 겪었다. 아빠는 동생과 내가 엄마 편만 든다는 농담을 일삼았다. 칠 남매 중 넷째인 그에게도 편이 필요하지 않았을까. 아무 반항조차 하지 못하고 평생 억누른 게 마음을 놓았을 때 터진 건 아닐까. 자신이 왜 그러는지조차 모르는 채로 말이다. 우리에게는 틀리지 않았다고 속삭여 줄 사소한 인정이 필요했고, 이후에도 감정 죽이기는 곳곳에서 이루어졌다. 혼란 가득한 그 시절은 모두 아이의 이성이 자리를 잡던 시기였다.

세상은 본인이 속한 집단과 다른 특성의 존재를 이방인으로 여긴다. 나다운 것만큼 당연한 것도 없는데, 그런 유일함을 드러내기라도 하면 '눈치 없는 애', '용기 있는 애'라고 부르고는 한다. 왜 어른의 숨은 의도는 정답이며 아이의 순수함은 오답일까. 모범답안인 것처럼 다수가 선망하는 곳을 지향하는 흐름 속에서 많은 사람이 유일했던 자신만의 캐릭터를 조금씩 잊어갔다. 사회가 쥐여준 퀘스트에서 비롯된 가짜 안정을 사수하느라 불필요한 긴장은 평범함이 되었다. 그 평범함은 안정으로 가는 유일한 길인 듯, 모두가 같은 특색을 가지고 태어난 것처럼 믿게 만든다. 별더러 빛을 내라고 다그치는 것만큼 우스운 일은 없다. 별은 태초부터 빛나고 있기 때문이다. 아이들이 타고난 별빛처럼 자연스러운 반짝임은 시간이 흐를수록 소멸해 간다. 장래 희망란에 채워 넣던 꿈들도 몇 번을 지우고 또 지우다, 하나의 길로 모인다. 그렇게 사라진 빛의 자리에는 자리다툼의 불씨가 대신 타오른다.

이들은 그 과정에서 터득한 수식어가 마치 자기 자신인 양 소개한다. 혹여 그 프레임을 벗어날까 상대를 감시하고, 자신을 그렇게 바라볼까 불안하다. 이같이 흐름에 사로잡혀 익숙해진 통제와 개성을 마비시킨 이 사회에서 우리는 가는 길의 이유를 대개 답하지 못한다. 몹시 세부적인 의미까지 주어진 삶의 안내서대로 떠밀려왔다. 매일 나서는 길도 내비게이션이 없으면 초행길이나 다름없다. 현재 있는 곳이 어디인지 모르는 인생의 길치. 어릴 적 꿈꾸던 미래는 이게 아니었는데, 그 많던 아이의 소원은 어디로 간 걸까. 뽑기 한판에 세상을 가졌고, 점심 종만 기다리다가 재빨리 교실을 뛰쳐나가던 아이는 어디로 사라졌을까.

우리는 나라는 존재가 틀리지 않았다고 증명하기 위해 서둘러 어른이 되어야만 했다. 그에 따른 결핍은 아이로 하여금 여러 능력을 확장하도록 촉진한다. 자신을 지키려 슬픔에 무뎌지는 법을 배워갔고, 그러다가도 어

린 날에 두고 온 나의 유년을 다시 목말라한다. 그 자체
로 빛을 발하던 시절로 돌아가는 역행의 과정. 또다시
우리는 새로운 무언가를 깨닫고, 넘어지며 불안정한 경
로를 나설지도 모른다. 하지만 그게 뭐든 달라지지 않는
건 하나다. 해답은 나에게 있고, 모든 선택은 내 몫인걸.
내가 그토록 갈망하던 이상은 수민. 바로 나였다.

No Mercy, No Fancy

노 인정에서 살아남기

자
기
기
만

— 구설과 시비가 많이 따르는 팔자로 절대 남의 일에 관여하지 마라. 잘해 주고는 구설과 망신만 당한다.

안 그래도 이타심조차 자기 충족의 수단일 수 있다는 한 앨범 소개를 보고, 버텨온 모든 계절을 부정당한 듯한 회의에 빠져 있던 참이었다. 와중에 잎새를 따라간 철학원에서는 그럴 시간에 자신이나 챙기라고 했다. 그 한마디는 속에 남은 반항심과 보람마저 무력하게 만들었다. 지방에서 올라온 애들에게 집밥을 차려 주고, 드라이브 시켜주던 내 행동은 분명 그들을 위한 것이었다. 당연한 감사나 보상도 바라지 않았다. 가끔 호의를 삐딱하게 해석하는 제삼자나 이용해 먹은 쪽이 잘못된 거였다. 그런데 그 엇갈림의 원인이 나한테도 있다고? 받아들이기 힘든 사실이다. 언짢은 진실에 얻어맞은 듯하면서도 한편으로는 도무지 이해되지 않던 의문의 실마리가 풀리는 기분이었다.

인정. 나를 사랑하기 위한 다음 단계다. 간단히 말하면 마침내 마주한 결핍과 그 정서적 잔재가 어떤 모양이든 그대로 받아들이되 흘려보낼 줄 아는 것을 뜻한다. 그러려면 지난 계절이 나에게 어떤 의미였는지 곱씹어 볼 필요가 있었다. 하지만 생각만큼 마음만 먹는다고 해낼 수 있을 법한 쉬운 일은 아니다. 그때는 옳다고 믿었지만, 지금은 아닐 수 있다는 사실, 오래 견뎌온 고통 혹은 나의 신념이 무의미해질 수 있다는 두려움, 그리고 자기 연민에 기대 외면하고 미뤄 왔던 흔적들. 바로 그것들이 이 단순한 작업을 아주 어렵게 만든다.

과거의 자취를 떠나보낼 때 사라지는 건 내가 아니다. 인정은 그간 지탱해 온 생존 방식에서 벗어나 현재에 머무르는 일종의 독립선언이다. 진짜 나를 찾으려면 사랑받기 위해 했던 생존법을 내려둘 줄 알아야 했다. 억눌린 기억과 비슷한 조건에 부딪혀 되살아난 감정을 받아들이고 그 장면에 새 의미를 부여해야 했다. 그래서일까. 그것만으로도 세상은 조금 달라 보였다. 주춤대던 발이 바닥을 딛자 뒤따르던 걸음도 따라왔고, 그제야 스스로에게도 친절한 위로 한마디를 건넬 수 있었다.

불쑥 부모님 말씀이 떠올랐다. "옛날부터 수민이는 욕

심이 없어서 고마웠어. 다른 집 애들은 사고 싶은 걸 말하면, 친구들은 다 있다고 하니 안 사줄 수도 없고. 부담될 때가 있다고 하던데.” 딱히 바라지는 않았지만, 갖고 싶은 게 없었다면 그건 또 거짓말이다. 중학생 때 한 친구에게 ‘소셜커머스로 물건을 사면 훨씬 싸다.’라는 말을 들은 적이 있다. 그날 이후 흔한 메이커 제품이 내 몸을 감쌀 일은 없었다. 용돈은 진작 내 돈이 아니었기에 최대한 받지 않거나 쓰지 않는 게 부모님을 위한 도리라고 생각했다. 그렇게 이어진 스무 살의 타지 생활은 정말 처절했다. 월세를 아끼기 위해 들어간 외삼촌 댁을 떠날 때는 김치냉장고 상자에 조촐한 짐을 담아 꾸역꾸역 마을버스에 올라타는 민폐를 부렸다. 입대를 앞두고 자취방을 구할 수도 없었다. 이전 선택은 꼬리에 꼬리를 물어 새로운 자책과 후회를 낳았고, 나는 쉼 없이 떠돌았다. 굶는 날도 잦았다. 나가서도 잘 먹고 잘사는 게 부모님을 위한 거였을 텐데. 지켜야만 하는 기준 아래 남겨진 억누름은 온갖 잡념을 끌어왔고, 마치 잘 따르는 것이 업적인 양 스스로마저 속인 나는 참아야 착하다는 헛된 믿음에 사로잡혔다. 불안 때문에 쟁여 두었거나 버리지 못해 쌓인 물건은 아끼기만 하다가 유효기간을 넘겨버렸다. 그러니 꿈은커녕 자잘한 관계도 신경 쓸 틈이 없었다. 연애도 빈자리를 메울 수단으로 전락할 걸 뻔히 알았기에 마음이 썩 끌리지 않았다.

부모님이 고마워하실 때면 뿌듯하면서도 내심 씁쓸하다. 가져봐야 더 큰 세상도 보게 되는 법인데, 내 의지로는 무엇도 가져본 적 없으니까. 영상을 전공하면서 노트북은 무슨, 심지어 영화는 헌혈 상품권으로 보다가 30회를 채워 훈장도 받았다. 내 욕구와 맞바꾼 선택이 '짠돌이' 같은 부정된 꼬리표로 남는 건 특히나 억울했다. 가성비가 취향일 리 없잖아. 나이를 먹을수록 무뎌짐이라는 가면은 겹겹이 쌓여갔고, 그 안에 고인 눈물은 나조차도 눈치채지 못했다. 사람들은 내가 걱정 없이 해맑고 무던해 보인단다. 하지만 내가 가진 억제력은 생존의 몸부림이었고, 무인도에 떨어져도 살아남을 것 같다는 말은 결코 칭찬이 아니었다. 손익을 매번 재고 따지면서 고작 몇 푼에 행복과 웃음, 다시는 돌아오지 않을 시간을 내버렸다. 가치 측정이 불가한 형태 없는 의미는 속절없이 유기되고, 금세 소멸했다.

사람 많은 곳이 좋아. 아끼는 게 편해. 괜찮아, 나는 착하니까. 착한 사람이 곧 좋은 사람은 아니다. 주체성이 모호해진 나는 정작 내게도 착하지 않았고, 감정을 누르고 맞추는 데 익숙해지며 자신과 멀어져갔다. 오로지 관찰자 시선을 따라 자유롭지 못한 상태로 묶여 자기 변론을 하기에 벅찼다. 우리는 관찰을 받아 의미를 얻는다지만, 그걸 위해 존재하는 건 아닌데. 희생처럼 보인 헌신은 그 대가로 존재를 인정받으려는 은근한 의존성과 이기적 배려면서, 멋대로 지레짐작해 저지른 참견과 오지랖이었다.

이러한 관계는 사랑이라기보다 결핍에서 비롯된 자기애적인 동일시였을지도 모른다. 상대와 나 사이의 경계가 무너진 채, 나와 닮은 모습을 좇거나 이상화된 자아상을 투영하여 자신을 확인하고자 하는 열망에 가까웠다. 상대에 대한 궁금증도 없이, 친절이라는 명분에 손을 내밀었다. 상대에게 필요한 걸 살피기보다 내게 필요한 사랑의 모양을 투사했다. 배려는 그 대상의 중요지점을 알고, 불편하지 않게 돕는 것이다. 플러스가 아닌 마이너스에 초점이 있으며, 받는 사람만이 붙일 수 있는 이름이다. 그것이 빠진 관계는 과도하게 물을 먹은 식물처럼 조금씩 썩어갔고, 오히려 훼손된 본질은 아무것도 안 하는 것만 못했다. 골라내지 못한 감정은 무성히 자란 나뭇가지처럼 뒤엉켰다. 알아주지 않아 서러웠는데, 애당초 내가 한 건 혼자서 씌워낸 일방적인 속박일 뿐이었다. 선의는 나에게나 중요했으며, 언제나 남는 건 양측의 감정이었다.

　나를 해치는 건 실패가 아니라. 격려는커녕 시도할 기회와 경험할 권리마저 앗아가는 거였다. 별거 없었구나. 나도 남들처럼 즐겨도 되는구나. 나와 타인의 욕구가 구별되어 오롯한 주체로 존재하게 된 날에는 타인의 어떤 평가도 중요치 않았다. 내면이 성숙해지려면 자기 자신을 있는 그대로 받아들이는 여유가 필요했고, 나를 인정하자 깊은 곳에 홀로 갇혀있던 어린아이는 울음을 멈추고 밖으로 나와 해방을 준비했다. 물론 오래도록 반복된 습관은 단박에 변하지 않았다. 끊임없는 연습이 필요했으며, 여전히 진행 중이다. 나는 미련이 없거나 시원시원한 사람이 아니다. 욕심도, 질투도 없지 않았다. 그런 내가 어떤 사람이든 이 영화의 주인공은 바뀌지 않는다. 다른 인물이 중심인 서사던 그게 엉망진창인 스토리 아닐까. 누가 뭐래도 이곳의 주인공은 단 한 명. 나뿐이니까. 그걸 깨달은 순간, 나는 처음으로 살아있음을 느꼈다.

　오지랖과 관심은 한 끗 차이로 타인에 의해 매겨진다. 아직도 내가 왜 이곳에 사는지 의아하다. 나는 전역에 맞추어 동생과 함께 살 집을 성동구 쪽에 장만했다. 내 생활반경은 마포구였으니 어쩌다 정반대 편 동네에 자리잡게 된 셈이다. 그로부터 이 년이 넘었을 즈음에는 동생이 이사를 나갔다. 대학 입학으로 성동구에서 자취를 시작한 동생을 챙기라는 부모님의 당부. 이같이 의경 때부터 나에게는 임무가 부여됐고, 외출 날이면 동생 아르바이트 장소에 방문하거나 우렁각시처럼 방 청소도 해 놓았다. 이십만 원 남짓한 급여를 모아서 부모님 걱정을 끼치지 말아 달라며 귀금속과 노트북도 선물했다. 그 치우친 배려가 잇따라 누구도 얻을 것이 없는 불편한 동거까지 끌어냈다. 이후 동생에게는 과보호로, 아빠에게는 동생이 전하는 대로 간섭이 되었다. 동생을 챙기라며 거듭 뱉는 '아들을 믿는다.'라는 말과 어긋난 평가. 그

떨떠름한 반응과 벗어난 인정 아래에서 가족의 삶을 살았다.

엄마는 강원도 친가를 수없이 왕복하며 장남 노릇을 하는 아빠를 보면서 이런 말씀을 뱉는다. "그런다고 알아주지도 않는데…." 내 시선어는 두 분 다 비슷하다. 어릴 적 아버지를 여의고, 연년생인 오빠와 여동생 사이에서 장녀 구실을 해온 엄마 또한 헤아리지 못할 책임감에 묶여있었다. 엄마는 가족에게 시간을 나누느라 경력이 단절됐다. 그래서 여동생만큼은 사회에 두 발을 붙이고 잘 나아가기를 누구보다 바라고 지지했다. 어느새 입을 다문 나와 달리 동생은 부모님에게 감정을 털어냈다. 이는 그들의 방어기제를 자극하기에 어렵지 않았다. 독립심 강한 그들은 자식이 같은 곁핍을 반복하려나 염려했고, 보호자라는 이상적인 구실을 하느라 자신을 돌볼 틈이 없었다. 감정을 숨기고 혼자 견디고 해내는 것이 익숙했기에 마음 나누는 일에도 서툴 수밖에 없었다. 무색한 반응에도 그들은 가족을 외친다. 여기서 그만두기에는 과거가 퇴색되는 기분이어서일까. 어릴 적 학습된 익숙함 때문일까. 그들은 모른다. 주위에서 부러워하는 아들의 살가움이 사실은 갑작스러운 부재가 두려워 확인하는 습관에서 만들어졌다는 걸. 그들이 지켜온 삶과 나눠준 꿈에 대해 작게나마 위로와 보답이 되기를 바라는 마음에서 지어온 얼굴이다. 평생토록 인정받지 못해 마음에 묵은 감정의 필연적인 대물림이었다. 그렇게 제때 알아차리지도, 채우지도 못한 마음의 구멍은 세대를 거칠수록 더 크고 무겁게 이어졌다.

나로서는 자세한 내막을 알 수 없는 저마다의 사연이 있다. 나는 동생을 궁금해했던 적이 없다. 중학생 시절 동생의 짧은 일탈으로 인해 부모님의 소소한 지침이 생겨났고, 향후 동생은 자유에 관한 갈망을 키워갔다. 그게 셋이 가진 결핍 사이에서 충돌을 일으켜 주변에 있던 내게 영향을 미쳤다. 서울로 떨어진 내 모습이 동생에게는 이상이었고, 나의 겨울을 몰랐던 동생은 무작정 서울을 좋았다. 그런 사정을 나눈 적이 없으니 서로 답답함의 회로만을 돌릴 뿐이었다. 누구라도 먼저 물음을 띄웠다면 없었을 갈등일까. 오늘은 어찌 보냈냐는 사소한 한마디면 충분했을지도 모른다. 어떤 배려든 이해와 책임이 뒤따라야 했다. 아무리 사랑받고, 지지받고, 돌봄을 받았대도 존중받은 기억이 없다면 존중에 서투를 수밖에 없었다. 그것은 자기 존재를 있는 그대로 수용 받은 기억이 있는가의 문제였다. 세상과 인간을 조금은 알게 된 지금에도 한 존재를 완벽히 헤아릴 수는 없고, 나의 의미가 정녕 올바르다고 한들 상대를 설득할 권리도 없다. 가족이기 전에, 어느 역할을 다지기 전에 개개인이었다. 모두가 기대도 될 관계의 구성원이었다. 사랑이라는 건 늘 손을 맞잡아야만 연결되는 줄 알았다. 존중은 상대 마음을 조율하려고 들 때 사라졌고, 신뢰는 거리를 허용하면서 자라났다. 그대로 받아들이지 못한 도움에는 선민사상이 배어있었고, 아무런 권면 없이 떨어져 서로를 맡겨둘 필요가 있었다. 익숙한 사회의 역할이 아닌 사람과 마음에 따른 뒷사정이 있을 테니.

무엇이 우리를 가족이라는 이름에 엮어놓았는지 몰라도 이왕 이제는 역할에 심취하기보다, 단어가 주는 익숙한 기대나 의미에 얽매이기보다, 예를 갖추어 제대로 사랑해 보고 싶어졌다. 우리는 남에게도 쉽사리 허락하지 않을 무례를 스스로에게는 일상처럼 퍼부었다. 이제 내가 그들에게 해줄 수 있는 건, 그동안 떠안고 산 책임감과 결핍을 조금은 내려두고 남은 날을 잘 보낼 수 있도록 그저 곁에서 지켜보는 것이다. 익숙한 역할과 기준이 아니더라도 이미 충분하다는 걸 보여주고 싶다. 당연함은 없고, 당연한 존재도 없다. 삶의 모든 순간이 새 장면이듯 그들도 부모는 처음이었다. 심지어 내가 날 적에 그들은 지금의 나보다도 한참 어렸다. 희생인 걸 알아서 함부로 누릴 수 없던 마음. 잘 받는 것도 상대를 위한 것일 수 있겠구나. 그토록 닮은 마음이었으면서 헤아리지 못했다. 이해하고 맡겨두니 덩달아 자유가 찾아왔다. 더 놀라운 건 마음을 느낀 상대가 예기치 않은 날에 먼저 다가오기도 했다.

중독

잘 주는 사람과 잘 받는 사람이 있다. 자신한테도 받을 줄 모르는 나는 그나마 주는 게 익숙한 사람이다. 항상 누군가의 생일을 기다렸다. 내가 건넬 선물은 잠깐 스치고 증발하는 큰 기쁨보다, 잔잔하더라도 오래 머무르는 흔적이기를 바랐다. 주로 나는 인간관계와 관련한 책 혹은 직접 만들어 주기를 즐겼고, 요즘에도 기프티콘으로 대체하기보다는 손수 전할 선물을 우선순위에 둔다. 그러면서 돌아올 표정과 상대 반응을 애태웠다. 자신이 무얼 원하는지도 모르면서, 남한테 필요한 건 노련하게 찾아냈다.

결핍은 사람마다 다양한 양상으로 드러나지만, 그중에서도 이 두 가지가 대표적이다. 이전 상태를 집요하게 되찾으려 하거나, 그것을 부정하며 극단적으로 회피하거나. 사실 외부에서만 존재 가치를 느끼는 것만큼 위험한 것도 없다. 애착 베개가 없으면 잠들지 못하는 아이처럼 대상에 대한 의존성 강화는 점차 중독에 가까운 형태로 굳어질 수 있다. 차라리 술이나 담배처럼 한 사람에게 통제권이 주어진 경우면 덜 위태로울까. 남을 챙기고 도우며 행복을 얻고, 내 마음보다 남에게 중요도를 둔다. 이처럼 외부에 과도하게 기대는 방식은 자기 결정권을 불분명하게 하고, 끝끝내 내면의 동기를 갉아먹는다. 그들이 부정 반응을 보이거나 떠나가는 불상사가 발생하면 존재 가치를 잃는 끔찍한 상황을 맞이할 것이다. 정말 선물이라는 행위가 좋았던 걸까. 나라는 존재를 증명해 줄 대상이 필요했을까. 아니면 사랑받고 싶다는 마음에서 발현된 극진한 표현이었나.

우리는 자신과 타인을 명확히 구분하고자 한다. 한편으로 자신은 특정 모습이나 수식으로 정의되기를 원치 않는다. 그러나 또 다른 측면에서는 안정감을 얻기 위해 타인을 거울삼고, 그들이 부여한 수식으로 자신을 대리한다. 요즘에는 뭐만 하면 MBTI를 말한다. 이게 심리적 모델에 기반한 분류 체계는 맞지만, 개인의 성격을 과학적으로 확정할 수 없다는 비판도 있다. 단지 현재를 반영한다는 점을 잊은 채 각 성향 간의 분포나 해석 구조를 무시하고 네 글자만 신경 쓰고 기억한다. 높은 비율로 간이 검사에 비전문적인 해석을 어디선가 주워 와 초점을 잡고 낙인찍는다. 그건 수식의 결괏값만 보는 것과 같달까. 낯가렸을 시절 나는 E(외향형)였고, 정반대인 지금은 I(내향형)다. 심지어 한때는 네 가지 지표가 모두 절반 안팎을 맴돌았고, 지금은 모든 알파벳이 바뀌었다. 그러면 어떤 특성을 꿰맞추든 나름 그럴싸하지 않을까?

아마 심리테스트를 좋아하는 사람은 대개 세 가지 유형에 포함될 것이다. 다들 하니까 궁금해서. 우리를 조금 더 잘 알기 위해서. 마지막 부류는 자신에 대한 의구심을 다잡고 싶은 이들이다. 그들은 그 지표를 자기 정체성으로 삼는다. 재미라고 하지만, 어느새 그걸로 자신을 합리화하고 소속감까지 찾으며 안정에 중독된다. 거부당한 주관 대신 불확실성이 비교적 적은 규정된 프레임을 찾아 습득한다. 선물에 반응해 줄 대상을 찾고, 잠깐이라도 객석을 채워 줄 관찰자를 두면서, 그런 자극적임에 안정을 느꼈다는 이유로 남몰래 의존성을 키웠다. 그렇게 생긴 익숙함은 기준을 높이고, 자극의 문턱은 점점 솟구친다. 배가 고프지 않아도 입에 무언가 넣어야 할 것 같은 기분. 그렇게 사실관계를 떠나 의미화된 인식에 따라 움직이게 된 우리는 자동화된 뇌의 보상 회로에만 익숙히 따르는 포로가 된다. 구체화된 환상은 반복을 거듭하며 현실이 된다. 결핍에 부딪힐까 봐 취하던 감정처럼 아무렇지 않다는 마음가짐은 정말 아무렇지 않게 만들었고, 셀 수 없는 가면과 연속된 거짓말은 어느새 자신까지 속였다.

세상에 딱 떨어지는 정의는 없다. 그럴싸한 유사 과학도, 논리적인 듯한 학문으로도 감히 나를 정의할 수는 없다. 어떻게 그 몇 가지 기준으로 전부 다른 환경에서 자란 수십억의 존재를 구분할까. 더욱이 빨라진 세상도, 사람들도 계속해서 변해가는데. 게다가 개개인의 상태는 때에 따라 얼마든지 달라질 수 있는데, 변하는 걸 정의한다는 자체가 무모한 건 아닐까. 무엇보다 자기 자신을 잘 모르는 채로 답했을 설문이 신뢰할 만한지가 의문이다. 정해진 틀에 나를 맞추다 보면 진짜 내가 겪은 경험은 의미를 잃기 마련이다. 그러면 더 이상의 사고를 하지 못한 채 낯익은 것에만 주의를 기울이게 된다. 그 틀은 새로운 정보를 배제할수록 강화된다. 그렇게 기어이 자신까지 특정 수식에 가두어 뒤로 숨으며 예상되는 뻔한 미래를 살아갈지도 모른다. 뭐든지 실제로 경험하기도 전에 다 안다는 듯 판단하고 단언하면서 말이다.

어느새 답에 닿았지만 왜 그것을 선택했는지에 대한

이전 물음은 이미 잊혀있었다. 본질적인 맥락 없이 결론으로만 정리된 타인의 말도 완전히 헤아리기 전까지는 마음대로 매듭짓지 않는 습관이 생겼다. 의견은 달라도 그 이유나 관점은 같을지도 모르니까. 갈수록 그 불확실성을 견디지 못해 소통에서 물러서는 사람들만 늘어간다. 그렇게 증명을 위한 변명 기술만 현란히 키워가는 객관식 사회에서 나라는 답을 서술해 내는 주체성은 드문 특징이 되었다. 보기에 친절하면 올바른 거고, 투박하다면 잘못일까. 입바른 말보다 입에 발린 말이 타당한가. 중독을 끊는다는 건 단순히 멈추는 일이 아니다. 그동안 내가 무엇에 기대어왔는지를 자각하고, 자신에게 지지 기반을 두는 주체화다. 메타인지가 각인한 곳에만 머무르지 않게 지금 어떤 상태에 있는지, 어떻게 변해가는지 수시로 점검해야 했고 받아들이면서 다음을 선택해야 했다. 원래부터 그런 건 자연에서 흐르는 자연스러움뿐이다. 빠른 해소를 위해 서둘러 해치우기보다 서로의 넘침을 직면해 있는 그대로 바라보아야 했다.

한 사람, 한 가지의 의미는 다채로운 주관과 경험을 지나 기억으로 임시 완성된다. 어떤 존재든 특정 단어로 대체 불가능한 유일함이며, 그러니 그 자체로 고유하다.

요즘은 내가 누구냐는 질문에 이름만 슬쩍 흘리고는 한다. 혹여 다음 물음이 돌아오면 우리의 대화는 이어진다. 이름 앞에 붙은 모든 수식을 지워도 나는 나로서 존재할 수 있을까? 이름이라 한들 나를 온전히 규정지을 수 있는 건 아니겠지만, 외부와 약속한 유일한 정의니까. 나를 사랑하게 되는 날, 누가 나를 묻는다면 이렇게 소개하고 싶다. "나는 그냥 이수민이야." 그 외 참고 지표는 말 그대로 서로를 더 이해하고 존중하도록 돕는 단서쯤 되려나.

두 셀럽의 차이점 :

자
기
애

아이돌을 꿈꾸었어야 했나. 내 고향에는 매년 알 만한 아이돌 가수가 몇 팀씩 오는 페스티벌이 열린다. 그때마다 무대 위에 선 이들이 부러웠다. 사람들이 모두 시선을 둔 저 아이돌의 지금 이 순간이 내 것이면 좋겠다고 생각했다. 이 많은 사람이 저들을 보려고 한곳에 모이다니. 그러나 이 부러움은 내가 아닌 문화센터에 춤추러 다니던 동생이 이쪽 계열로 나가기를 바라는 소망으로 잘못 방향을 잡았다.

—야! 너 오디션 나가볼래?

나는 늘 부럽다는 말을 입에 달고 살았다. 개학하면 반장 선거에 나가는 애들이, 축제 때는 장기 자랑에 나가는 애들이 부러웠다. 나는 모든 분야에 적당한 재능이 있었지만 딱 하나 아주 뛰어난 게 없어서 그런 친구를 부러워했다. 생각해 보면 유난히 주변에 그런 친구가 많았다. 좋아하는 무언가를 수집하거나 꿈이 선명한 친구들 말이다. 부러웠고, 신기했다. 찰나의 인정이 사랑이라는 착각 때문이었을까. 아니면 오래 울고 있던 내면 아이를 보살펴 줄 관심이 필요했던 걸까. 내가 부러워한 대상은 모두 자신을 당당히 표현하고 인정받는다는 공통점을 가졌다. 그런데 정말 그것들이 내가 할 수 없던 것이었을까. 부럽다는 말만 되풀이할 뿐, 단 한 번도 스스로 해야겠다는 생각은 해보지 않았다. 그들의 노력과 시간을 재능이라는 단어로 은근히 폄훼하지는 않았는지. 내게 닿은 결과만 보며 그들이 거쳐온 과정과 뒷모습에는 시시한 관심도 기울이지 않았다.

표현 방식이나 맥락의 측면에서 보면 부러움은 시기심과 다르다. 그러나 두 감정 모두 상대적 결핍감에서 비롯되었다는 점에서 유사하다. 내 시기심이 부러움에 그친 건 억압과 착함에서 온 소심함 때문이었을까. 그걸 얻으려고 노력한 적도 없으면서, 시기를 느끼는 것 자체가 모순이었다. 가끔은 불필요한 갈등을 감수하더라도 자기 것으로 만드는 사람 역시 대단해 보였다. 그중에는 겉으로 그럴듯한 이유를 내세우지만, 실제로는 특정 집단을 공격하거나 깎아내리며 결핍감을 과시하는 사람도 있었다. 내가 구분하는 감정은 홀로 존재할 수 있는 감정과 남에게서 반사된 것으로 나뉜다. 후자는 방어기제를 통해 가공되었을 테니 몇 꺼풀 더 벗겨 본질을 파헤쳐야 했다. 이미 화가 난 상태에서 이유를 덧붙이며 역순으로 판단하는 오류 때문에 실체를 제대로 알아차리지 못하는 경우가 많다. 그렇게 분노를 잘못된 방식으로 발산하는 대상은 결핍을 가누지 못해 극심한 방어 태세를 취했을 뿐이다. 아마 본인에게도 늘 그랬을 거다. 마음 한편에 앙금이 수두룩해 위태로우면서 괜찮은 척, 그 대신 관찰되지 않는 음침한 곳, 이를테면 익명의 공간에 숨어 주체 못 할 화를 터트린다.

심리학에서는 이를 '전위'라고 부른다. 직접적으로 표출하기 어려운 감정을 그나마 안전하다고 느끼는 대상으로 옮겨 터트리는 방어기제다. 어쩌면 이 미성숙한 분출에는 짝사랑에 가까운 선망이 숨어있을지도 모른다. 상대의 어떤 면을 간절히 바라고 있다는 증빙이다. 모든 미움이 결핍이나 동일시로 해석되지는 않겠지만, 때로는 강한 질투나 이상화가 왜곡된 형태로 드러나기도 한다. 그들은 자신에게 이유가 있다는 걸 모르고, 남에게 영향을 미침으로써 얻는 보상에 중독되어 있다. 하지만 아무리 애써도 그 대상과 닮아질 수는 없다. 같은 향수를 따라 뿌려도 향기는 마침내 자기 피부에서 완성될

테니까. 자신의 체취와 섞여 전혀 다른 냄새를 풍길 수
밖에 없다. 이처럼 몇 날 며칠을 밤새 돕고, 타지 오디션
에도 뒤따르면서 나는 내 일처럼 누군가의 꿈을 도왔다.
그로써 일시 해소된 불안은 널찍한 오지랖을 불렀다. 하
지만 그들을 동일시해도, 그들이 꿈을 이루어도 결국 내
것이 될 수는 없었다.

　나의 눈치에는 두 얼굴이 있었다. 틀린 사람이 될까
봐 두려워서 보는 눈치, 다른 하나는 마치 유명인인 양
타인을 의식하는 태도다. 부러워하는 걸 넘어 보잘것없
는 자신을 숨기고 싶었는지 수두룩한 관찰자를 둔 그들
을 동일시했다. 세상의 결핍이 짙어질수록 위로해 줄 집
단의 힘은 거세졌고, 이로 인한 동일시는 원칙과 더불
어 그런 사람과 아닌 사람을 나누기도 했다. 대부분 나
의 원칙은 '시간 엄수'나 '쓰레기는 쓰레기통에' 같은 기
본 규율이었지만, 이와 달리 따질 수 없는 어떤 존재나
집단만의 특유한 가치인 경우도 있을 텐데 말이다. 자신
을 전시하고 인정받기 위한 세상에서 감상은 그에 관한
가치 평가로 변질되었다. 이내 억압된 감정을 풀기 위한
도구로 전락해 실제 자신을 잃을 만큼 재생산되었다. 그
렇게 강박적으로 유지해 온 기준과 의미는 나만 옳다는

선민사상처럼 스며들었다.

— 아니 이기고, 지고, 더 낮고 이런 게 없다니까?

평가라는 가치에 익숙해져서 당사자는 알지도 못할 순위를 매기고, 그 기준으로 자신을 채운다. 감정에도, 의미에도 우열은 없는데, 비교하는 순간 선과 악처럼 없던 우등과 열등이 나뉘었다. 열등을 느껴 위축되다가도 누군가 기준에서 벗어나면 얕보고, 고작 흐름에 탑승했다는 이유로 우월을 느꼈다. 기준을 내세우던 이들께 상처받고 괴로워한 과거는 어디로 갔는지, 비슷한 상처와 아픔을 남에게도 고스란히 전가하며 되풀이한다.

또한 그런 기준의 강화는 한 사람을 병리적 자기애로 이끌기도 한다. 건강한 자기애를 잃은 나르시시즘은 사랑받는 이미지를 만드는 데 집중한다. 그 이미지를 쫓을수록 진짜 자기는 흐릿해지고, 외부의 인정을 유일한 기준으로 살아간다. 그 이상과 현실의 괴리가 커질수록 자기 비하나 붕괴로 이어질 수 있다. 야심이 뒤섞여 때로는 지나치게, 가끔은 보잘것없이 가라앉는다. 그것조차 거짓된 이미지일 확률이 높다. 시작이 닭이냐 알이냐 같은 의문이다. 열등은 의미로 기준을 만들고, 기준은 비교를 통해 또 다른 열등을 탄생시킨다. 정작 중요한 건 이 뫼비우스 띠 같은 악순환에서는 가짜를 키워갈 수밖에 없다는 것이다. 본연의 자신을 잃어버리는 것만큼 슬픈 일이 어디 있을까. 내면의 공허를 채워 줄 대체물을 찾아내 유일한 관찰자로서 의존한다. 그 관찰자는 허상을 채워 줄 수단에 불과하다. 그렇게 끝끝내 홀로 남겨지는 것도, 경쟁이 끝나는 순간 존재 가치를 잃는 것도 예견된 결말이었다. 그들은 언제 자신이 행복한지를 알지 못한다. 떠돌다가 사라지는 인터넷 속 정보처럼 한시 쾌락을 행복이라며 허상을 업데이트할 뿐이다. 어째 전할 말을 당사자가 아닌 SNS에 게시하는지. 널리 뿌려진 조미료에 본연의 맛은 점점 잊혔다.

어디에도 딱 맞는 진리는 없다. 정답이 없으니 틀릴 것도 없었다. 그저 내 공식대로 풀어가면 될 뿐인데, 잘 풀어놓고 남의 답안지를 빌려 틀렸는지 확인한다. '나'라는 존재 그대로 이끌어가면 되는데, 세상이 정해놓은 답으로 가려고 내 수식을 이리저리 뒤흔든다. 우리가 지쳐가는 건 정답처럼 제시되는 사회 기준이 실제 내면의 욕구나 자아와 괴리되기 때문일지 모른다. 어릴 적 상처는 대리 충족이나 성취만으로 지워지지 않는다. 적당한 정보는 희망과 위안이 되지만, 그 비중이 커질수록 사실은 점점 설 자리를 잃는 역설에 놓인다. 그럴듯한 이야기가 사실을 대체할수록 정보는 더 이상 힘이 아닌 권력을 얻기 위한 도구가 된다. 많이 안다고 느낄수록 나에게서 멀어지는 아이러니였다.

당연해 보이는 것도 알고 보면 일일이 전수된 의미인 걸 몰랐는지. 떠도는 의미 중 직접 정립한 건 얼마나 있는지. 계속 변해가는 그럴싸한 허상이 아닌 스스로 바라는 이상은 무엇인지. 잠깐의 안도감에 기대 도망칠 게 아니라 감정의 진실을 체험하고 정직하게 자신을 마주해야 했다. 그 과정을 거치지 못한 자기애는 허울 좋은 가면에 지나지 않았다. 진짜 앞에서는 영원히 붙잡아야 할 것 같던 허상도 없었던 일처럼 흩어졌다. 도대체 그들의 무엇을 그리 부러워했던 걸까. 셀럽 Celeb? 아니면 셀프 러브 Self-Love?

공
감

어린 시절 나를 달랜 음악은 대부분 여러 악기가 어우러진 밴드 사운드였다.

무뎌진 심장을 건드는 베이스와 드럼. 저릿한 전자기타. 마음을 어루만지는 키보드 선율과 무덤덤한 목소리가 간지럽게 울렸다. 평소처럼 자연스럽게 멈춘 채널 속 심야 음악 프로그램에서 보라색 조명 아래 앳된 모습의 가수가 악기를 다루며 노래를 부르고 있었다. 중학생이던 나는 그날 이후 이 가수가 라디오에서 부른 라이브 모음집을 모아 친구들에게 들려주고 다녔다. 통기타와 피아노를 배우면서 그 가수처럼 사람들 앞에 선 나를 그려왔다. 그 순간만큼은 현실에서 벗어나는 기분이었다.

고등학생이 되어 다시 기타를 치기로 한 나는 학원을 핑계로 야간자율학습을 하지 않았다. 알고 보니 선생님은 여러 악기를 다루는 내 진로가 음악 쪽이라 생각하셨고, 그래서인지 바로 빼주셨다. 그런 나의 루틴은 다음과 같았다. 학원 마치고 집에 가면 저녁 일곱 시 반, 여덟 시쯤까지는 밥을 먹으며 시트콤을 봤다. 이때부터 나는 내 방 책상에 앉아 라디오를 틀고 축구 게임을 했다. 내가 살던 지역은 지상파 라디오가 나오지 않던 곳이었다. 스마트폰을 산 김에 앱 마켓을 찾아 라디오를 검색했다. 그때, 맨 위에 등장한 앱에는 내 인생을 바꾼 방송이 흘러나왔다. 만일 예전에 그 가수의 무대를 보지 못했다면 어땠을까. 친구를 따라간 이과에서 그 담임선생님을 만나지 못했다거나, 그로 인해 탐까지 학교에 남았더라면 이 방송을 들을 수 있었을까. 디제이가 다른 분이었다면 라디오에 매력을 느끼지 못했을지도 모르겠다. 어떤 찰나 하나라도 틀어졌더라면 이 모든 걸 과연 마주했을지 의문이다. 모든 우연은 어떤 지점에 맞닿아야만 필연으로 탈바꿈하는 것이니까.

이상하게 마음이 울렸다. 오늘도 보고 싶었어요. 우리는 더 행복해질 거예요. 적어도 라디오를 듣는 두 시간은 혼자가 아니었다. 들려온 사연은 내 고민이 혼자만의 이야기가 아니라는 걸 귀띔해 주었고, 그 후 선정된 음악은 나의 어깨를 토닥여 주었다. 사람 사이를 연결해 주는 가장 사랑스러운 감정이 공감이라는 값진 선물도 남겨주었다. 상처가 생긴 계기는 달라도 흉이 진 모양은 어쩐지 닮아있었다. 어떤 이야기는 비슷한 감정을 경험했거나 그 상황을 그려볼 수 있다는 이유로 듣는 사람의 마음에 잠시 머무르며, 공감의 기회를 안겨준다. 한 주파수에 같은 주파수 진동이 공명하듯 그들의 숨소리에 나의 계절과 감정이 스며들었다. 내 상상과 추측이 누구를 판단할 기준이 돼서는 안 되지만, 지난 아픔은 나를 깊은 곳으로 이끌어 근처에 있는 다른 이를 만나게 해 주었다. 애써 찾지 않아도 나와 닮은 길을 걸었는지 어딘가 아릿한 애틋함이 새어 나왔다.

결핍이 클수록 더 깊은 동요를 느끼고, 때때로 더 큰 충족을 경험하기도 한다. 반면 결핍이 적은 사람은 비교적 안정되고 건강할지 몰라도, 그만큼 강렬한 사랑을 겪기는 쉽지 않을 수 있다. 그런 면에서 거쳐온 계절은 지워야 할 불행이 아니라 소중한 자산이었달까. 그 안정을 내가 줄 수도 있을 거라는 기대감. 내 아픔이 어느 커다란 아픔을 오롯이 감쌀 수는 없다. 먼 계절의 시간을 온전히 이해할 수도 없을 것이다. 그렇지만 담요처럼 한 조각은 덮어줄 수 있을 듯했다. 그 조금이 온몸에 온기를 전할 수도 있는 우리였다.

그때부터 나의 세상은 온통 라디오였다. 꺼내지 못한

내 이야기가 누군가에게는 위로가 될 수도 있겠구나. 중독은 자신을 온전히 받아들여야 비로소 해결된다지만, 묻어둔 감정을 다른 긍정적 몰입으로 대체하는 방법도 있었다. 반드시 진로를 정해야 하는 줄 알았던 고등학생 시절 막바지에는 그런 세상을 만드는 라디오 피디가 되기로 결심했고, 어쩌다 서울로 떠났다. 유튜브에서는 그런 위로를 나누는 '숨디'라는 플레이리스트 채널을 운영하기도 했었다. 하지만 이건 주목 공포증으로 사람들 앞에 설 자신이 없어서 내린 섣부른 판단이었다는 걸 깨달았다.

쉴 새 없이 나가 걷던 스무 살의 신촌 길바닥. 산책 도중 '팟캐스트 라디오 제작 교육'이라고 적힌 현수막을 발견했다. 그곳에서 나는 라디오 피디를 지망했고, 활동 내내 디제이로서 자신을 뽐내는 누나들을 부러워했다. 이유는 단순했다. 디제이의 모습이 나의 이상과 더 닮아 있었기 때문이다. 하지만 위축된 나는 습관처럼 관심의 초점을 한 발짝 돌려세웠다. 그러니 한 라디오 방송의 피디가 되었대도, 애매하게 충족될 뿐. 만족하지 못하고 계속 무언가를 바라는 건 정해진 순서였다. 잎새를 따르면서 운영을 멈춘 '숨디' 채널을 다시 열어 가끔 라이브 방송을 진행하던 것도 비슷한 맥락이었다. 동일시의 이면에는 이상을 좇는 과정에서 결핍을 잠시나마 덜어낼 수 있는 위안이 있다. 닮고 싶은 마음에 즐거이 나아가는 순간, 문득 찾아오고는 한다. 하지만 내가 무엇을 바라는지도 모르는 채 엇갈린 방식으로 나아가게 되면, 정작 필요한 걸 놓치고 근처에만 머무는 오류가 발생하기도 한다. 그런 상태에서는 무언가를 이루더라도 껍데기만 남은 공허함으로 둘러싸일 수밖에 없었다.

세상과 사람 사이 구심점에 서서 공감을 나누는 존재. 나를 향해 들려오는 그들의 이야기. 그에 조심스레 내미는 내 객석의 초대장과 진심. 나서도 아무 일이 생기지 않는 합법적인 오지랖의 공간이랄까. 그 덕에 위로를 얻었고, 위로를 배웠다. 이로써 모인 사소한 인정들이 나에게 마음 편한 웃음을 선물했다. 분명한 건 타인을 안아주기 전, 나 자신에게 먼저 미소를 건넬 수 있어야 한다는 것이었다. 나를 챙기지 않은 따뜻함은 건네어도 오래가지 못했다. 전에 우연하게 맞닿은 주파수가 쉴 곳이 되어주었던 것처럼 넘쳐버린 마음이 흐르고 흘러 어떤 찰나에 간절한 누구에게 가닿을 수 있게. 그들께 나도 기댈 곳이 되고 싶었다. 수민 디제이. 숨디.

내
면
화

생각보다 더 사소한 것까지 내가 묻어있었다. 아빠가 "너는 아직도 짱구 보냐?"라고 물어보면, 내 대답은 항상 같다. "그냥 재밌으니까." 그 속뜻은 생각해 본 적 없다. 지금 돌이켜 보면 짱구는 감정에 솔직하고, 자유롭고, 사람들의 중심에 있어 보인다. 만화 주인공이라 그렇겠지만, 어떤 행동을 하면 다른 이들의 반응이 준비되어 있다. 가끔은 기막힌 언어유희와 재치도 보여준다. 이같이 우리는 타인의 인생 영화에서 나에 관한 힌트를 얻기도 한다.

'우연일까?' 스무 살에 대학로에서 처음 본 연극 제목이다. 헌혈로 영화를 봤던 것처럼 연극을 보기 위해 응모 앱을 설치했다. 얼마 지나지 않아 나는 한 연극에 당첨되었고, 표는 두 장이었다. 주변 모든 사람에게 연극을 보러 가자고 제안했다. 한 명만 걸려라. 아무나 걸려라. 없었다. 그런데 이걸 왜 이제야 본 걸까. 누가 눈앞에서 허공을 향해 연기하는 것도, 좁은 공간에서 백분가량의 사건이 펼쳐지는 것도, 조명이 꺼지면 시간이 흐르고 장소가 바뀌는 것마저 경이로웠다. 더 많은 연극이 보고 싶어졌다. 그제야 돈을 더 쓰기… 아니 여러 개 응모하기 시작했다.

어느 날 응모 앱 운영자가 알 수 없는 단톡방을 만들었다. 운영자는 VIP를 모아 선착순으로 표를 뿌렸는데, 설마 나는 응모를 많이 해서 VIP인가. 아니면 오류였을까. 아무튼 언제 등장할지 모르는 이 이벤트는 나를 위한 게 분명했다. 평소 알림 대기조인 나는 일 초 답장이 일상이니까. 쓸데없이 선착순에 강해서 수시로 당첨되었다. 조금씩 모으다 보니 표는 여든 장을 훌쩍 넘어 있었고, 쌓여간 시간은 이전과 다른 우주로 차차 나를 끌어들였다.

연극을 볼 때마다 나는 맨 앞자리에 앉기 위해 표를 빨리 받는다. 그러면 의도치 않게 무대에 불려 올라갈 때가 있는데, 그 순간 아픈 몸이 병균과 싸우듯 지난 나와의 투쟁이 이어진다. 긴장감에 열이 오르고 '앞자리 앉지 말걸.'하는 후회와 도망가는 시뮬레이션이 스친다. 동시에 주목받는다는 사실이 외려 쾌감과 희열 같은 양가감정으로 다가왔다. 타인의 시선과 평가에서 오는 긴장과 보상의 쾌감이 뒤섞였다. 어느 날에는 안 불러주면 괜스레 아쉽고 서운한 게, 혼자 보는 연극도 기대하도록 만들었다.

가만 보면 은근하게 나를 이끌었던 감정끼리는 공통점을 띠었다. 보라색 조명 아래 가수를 발견하고 몇 달이 지난 설이었나. 아빠 주도로 가족 다 같이 시내 영화관에 들른 적이 있다. 영화에 관심 없던 나는 그날부터 한 배우를 찾아 개봉 날에 맞춰가는 그런 사람으로 변했다. 후줄근한 노란 티셔츠에 뒤로 대충 묶은 머리. 아빠 다리를 하고 소파에서 깔깔 웃던 호탕함을 잊을 수 없다. 사람들은 그 배우를 사랑스러운 이미지로 보지만, 영화 속 캐릭터는 후광이 좔좔대는 멋쟁이였다. 스마트폰이 없던 시절이라 집에 오자마자 영화를 검색했고, 처음 팬카페에 가입했다. 싸이월드 배경음악 선물도 두 곡 보내면서 메시지 답장도 받았다. 오랫동안 인생 최고의 자랑거리였다.

그 영화와 캐릭터는 곳곳이 내 취향투성이였다. 라디오에서 기타 치며 노래하는 모습, 주변 편견을 넘어 꿈으로 향하는 몸짓, 능청스레 할 말은 내뱉는 태도까지. 그때는 캐릭터가 가진 내면을 전혀 보지 못했다. 지금이면 태도와 자주 사용하는 언어를 살피며 내면의 상태부터 느꼈겠지만, 나는 아무것도 모르고 멋들어진 겉모습만 동경했다. '연극 동아리에 들어가 볼까?'하는 마음은 고등학교 때도, 스무 살 때도, 전역 이후에도 꾸준히 나를 두드렸다. 그러나 비슷한 꿈을 품고 가만히 있는 친구에게 애먼 오지랖만 부릴 뿐, 내가 갈 길이라고는 생각하지 못했다. 하지만 이제는 감정을 자유로이 드러내며 사람 사이에서 살아있음을 느끼는 게 오롯한 내가 되는 법인 걸 알았다. 무엇이 되고 싶은지보다 어떤 나로 살고 싶은지 돌이켜 봐야 했다. 목표는 세상 기준이 아닌 미래의 나여야 했고, 나로서 감정을 쏟게 해줄 희망 창구는 이미 곁에 있었다. 그 길을 간다면 앞으로 정말 많은 감정을 느끼겠구나. 비록 남들보다 오래 걸릴지는 몰라도 잃어버린 내 것을 되찾을 수 있겠구나. 앞으로 가야 할 길이 보이니 살아가는 일도 제법 단순해졌다. 지난날을 되뇌는 일은 아이러니하게도 새로운 오늘에 머무르기 위한 망각의 과정이었다.

연극에 끌린 것도 당연했다. 실시간으로 눈앞에서 이상의 모습을 보여주는데 어찌 끌리지 않을까. 내가 만난 세상은 우연일까? 인간은 알게 모르게 서로 영향을 주고받으며, 자신이 지나온 길을 행동과 경험을 통해 끊임없이 흘리고 있었다. 호기로 가득한 눈빛. 칙칙한 잿빛. 말투와 걸음걸이. 사소한 끄적임까지 모두 내면과 외면이 이어낸 발자취이자 자기소개였다. 각자의 모양으로 눈가와 미간에 주름지듯 표정에 성격이 스며있고, 체형에서 태도를 알 수 있다. 그 흔적들 끝에 '관상불여심상'이라는 말이 있다. 무엇보다 마음먹기에 따라 다음 장면이 달라질 수 있었다. 생각보다 더 사소한 것까지 내가 묻어있었다.

4차원 4춘기 :

인간이 경험하는 의미 있는 감정은 대개 깨달음과 같은 통찰에서 촉발된다. 그것은 자아를 가진 존재만 인지할 수 있는 순간이며, 외부 힌트만으로 닿을 수 없는 내면의 조각들을 연결해 새 시야를 여는 기점이 된다. 온몸에 색다른 긴장이 올라 세상이 나라는 답으로 환기되는 기분을 느꼈다. 평범하지 않아 힘들었는데, 사실 그건 나만의 특별함이구나. 왜 우리는 특별함을 품고서 평범하기 위해 노력할까. 사람들 앞에 선 나를 갈구하던 것도, 오지랖을 부리며 많은 말을 하던 행동도 다 내게 이유가 있었다. 그게 여러 계절을 거쳐 만들어진 나인데, 스스로 관객이지 못한 탓에 받아들이지 못했을 뿐이다. 그런 나를 오롯이 인정하는 순간 다른 조각은 알아서 모습을 드러냈고, 비로소 나다운 곳으로 다음 여정을 인도해 주었다.

라디오 피디가 되겠다며 방송 계열을 전공했지만, 좁

아진 라디오 시장과 더불어 제작에 관심이 없어 열의를 잃었다. 하지만 마침 카메라가 있었고, 내일을 결정해야 한다는 의무감에 영상 일을 시작했다. 스무 살 때처럼 업계를 맴돌며 그때그때 생기는 결핍을 막기에 전념했다. 특히 이십 대 초반 자기소개에는 암묵적인 양식이 있었다. "어디 대학 무슨 과 누구입니다." 연극 동아리 가입을 망설인 것도 설명이 길어지는 게 싫어서였다. 그러다 의경 선임들을 보면서 편입과 대학원을 계획했고, 다들 하길래 취업했다. 타이틀만으로 바뀐 대우에 취해 관심 없는 의미에 맞춰 나를 만들었다. 영상 계열로 취업을 준비한 나는 코카콜라 끝이 먼저 언론사에서 일하기로 마음먹었다.

A사는 영상 과제를 안 내서 불합격. D사는 부장님이 합격 대신 참치회를 대접해 주었다. 남은 선택지는 B사와 C사. 기준과 조건 없이 아는 기업이라는 이유로 지원했으니 고를 수가 있나. 그래서 SNS에 투표를 올렸고, 간소한 표 차이로 B사에 입사했다. 그곳에서 처음 유튜브를 접했다. 내 기획안은 매번 검토도 없이 버려졌지만, 모든 걸 자급자족하느라 실력이 늘 수밖에 없는 시스템이었다. 이렇게 키운 역량으로 잎새의 일을 도와주게 되면서 프리랜서 피디로 전향했다. 다음 순서였던 콘텐츠

회사 합격을 무르고 유튜브도 접었다. 막상 멈추니 내가 사라진 듯이 모든 게 없던 일 같았다. 그렇게 관성에 끌려 잎새의 발걸음을 따르다가 객관화 여정에 탑승했다.

길을 잃은 줄 알았다. 그러나 이전 걸음은 점선이 되어 다음 길을 수놓았다. 영상 계열에서 쌓은 다양한 경험은 사회 초년생이 벌기 힘든 금액을 한 번에 벌거나, 강의도 다닐 수 있도록 이어주었다. 하지만 돈이 우선 가치인 삶은 감정에 자유로운 나와 아주 거리가 먼 모습이었다. 퍼즐 모양을 알지 못해 빈칸은 그대로 방치했고, 정답은 시간이 지날수록 내게서 달아나는 것 같았다. 그즈음 부모님께 잘 지내고 있음을 보여주려 시작한 브이로그 화면 속 내 표정을 발견했다. 처진 고개를 들고 보니 자유로움으로 들이찼던 어릴 적 사진처럼 점점 얼굴이 환해지는 듯했다.

사랑스럽다는 언어는 어른스럽다는 반대말로 상쇄된다. 종종 현실이라는 말은 비관적인 탈을 쓴다. 가능성을 제약하는 일이 정녕 현실인지. 어른이 되고 싶었던 우리는 그 말로 희망을 내려두며, 얼마나 많은 사랑스러움을 희생했을까. 한때 우리도 유일함을 자랑으로 여기던 사랑스러운 아이였는데. 특별함을 원하면서도 타협된 평범함을 따랐다. 보이지 않던 잣대와 망설임이 한편에 조용히 들어앉아, 이토록 자유분방하던 어린 날과 멀어지는 이상한 적응을 성숙이라고 부르는 걸까. 정작 이상향을 좇으려 할 때는 내가 누구인지 옅어져 있었다. 선택해야 했다. 허상에 사로잡혀 남은 시간을 전과 다름없이 보낼지. 아이다운 낭만을 누리며 즐길 것인지. 어른이 되어가는 이 시기를 누구는 반항이란다. 남들 다 그렇게 사는데, 왜 너만 유별나냐고 나무란다. 이 다사다난함을 참고 넘기면 그제야 젊음을 누리란다. 누구에게나 아픔의 시기인 이 과도기는 난생처음 자신을 위한 길이 무엇인지 풀어갈 어린 날의 축복이다. 그 원동력이 된 아프디아픈 결핍이 나를 내가 될 계기와 용기로 불러들였다. 생에 더없이 권태스러웠던 나에게 지난날이 없었더라면 이 우연과 마주할 수 있었을까 이제는 고달픈 장면도 삼키기보다 다음을 위한 필연으로써 즐긴다.

낙관적인 아이는 이상을 좇는다. 누구나 탐내는 것을 가져도 행복이 보장되지는 않았고, 잠깐 실패했다고 불행이 결정된 건 아니었다. 의미에 속아 걱정으로 평준화된 우리는 손수 실패조차 해보기 힘들었다. 없는 답을 정해두는 것이야말로 현실을 간과한 환상 아닌가. 누가 떠날까 아픔을 삼키며 가짜 웃음을 내세우기보다 지나갈 우주로써 어련히 보내준다. 미래는 맡겨두면서 최선으로 지금을 맞이한다. 마음이 무표정할 때는 무표정하게. 느끼는 대로 이상을 일상인 것처럼. 내 마음이 춘기면 어느 계절이건 상관없이 나와 알맞은 온도에 머무를 수 있었다. 그 계절이 꼭 봄이 아니래도 괜찮았다. 참된 안정은 외부가 아닌 나로부터 만들어졌고, 이제는 사랑스럽다는 감정의 진실로 어른스러워야 한다는 강박을 상쇄해 버릴 차례다. 타협이 아닌 내 선택으로 얻은 성숙이 진짜 어른의 마음일지도 모르겠다.

우리는 과거를 보고 미래를 추측하는 법을 알았다. 물리적으로 타임머신에 올라탄 건 아니지만, 시간을 인식하고 그 안에서 자신을 성찰할 수 있다는 점에서 이미 한 차원 올라선 4차원의 존재였다. 단순히 움직이는 것을 넘어 삶의 방향을 스스로 정할 수 있는 존재로 거듭난 셈이다. 이다음 장면에서는 어떤 우연이 또 나를 반길지. 무얼 선택할지. 그런 내일이 무척 궁금해졌다. 앞으로도 많은 여정이 남았겠지만, 서툴렀던 만큼 지금부터라도 나와 열렬히 사랑할 것이다. 나를 위한 길이 어디인지, 오는 신호를 있는 그대로 받아들이기로 했다.

어느새 모든 결핍의 외침이 '나, 사랑이 필요해요.'로

들린다. 결핍은 내가 아니었다. 누가 나한테 귀엽다고 해도 내가 귀여움은 아니듯 남의 평가도, 찰나의 감정도 나 자체가 될 수는 없었다. 전에 내가 만들어진 것처럼 내게서 흐르는 반응의 패턴이 달라질 때까지 나와 친해지는 연습을 거듭한다. 떠밀림이 아닌 여유에서 온 선택은 틀리더라도 충분히 수정할 수 있었고, 다음 우주는 내가 만들어가는 거였다. 결과를 좇는 삶은 성공이나 실패로 이분법적이지만, 현재와 과정에 존재하는 삶은 실패하려야 할 수가 없었다. 살아남느라 고생했고, 모진 환경에도 이만큼 자라주었음에 대견하다. 나다운 발걸음에 천천히 나와 작은 약속부터 차근히 지켜가며 신뢰를 쌓는다. 가장 마음에 드는 나도 존재하도록 인정하고 지지한다. 그렇게 잘 다듬어진 결핍과 찰나가 모여 도리어 나를 지켜줄 테다. 이게 내가 다주한 특별하고도 이상한 나와의 사랑법이다.

Self Love + Reality

나의 셀러브리티

잘 사랑하는 사람 특 :

유
연
성

주변에 궁금해서 물어본 "왜 살아?"라는 안부가 "드디어 미쳤냐?"는 애정 서린 말로 돌아왔다. 요즈음 나는 버스 맨 뒤 창가 자리에 앉아 사람들의 표정을 뜯어보고, 정처 없는 산책길에 올라 눈길이 닿지 않던 주위 현상을 탐닉하며 지낸다. 그러다 보면 마음이 이끄는 가능성 앞에 다가올 우연을 기대하는, 익살맞은 기색의 나를 발견하게 된다. "저 사람은 왜 저렇게 행동할까?", "무슨 생각을 하고 있을까?" 낯익은 물음에도 불안 대신 호기가 고개를 들었고, 새삼 사람들은 나이, 시각, 장소에 따라 비슷하면서도 참 다양하다는 걸 실감했다. 그들이 어떻게 지금을 이루었는지는 일일이 알 수 없었지만, 흐릿한 대로 추측하고 상상하는 재미를 누린다.

물론 여기까지 오는 과정이 순탄치만은 않았다. 어김없이 찾아온 어긋남에 또다시 애착 대상을 잃고, 헤아릴 수 없는 크기의 이별을 맞이했다. 그러나 한층 더 악덕

해진 결핍의 되풀이에도 내 표정은 달랐다. 머지않아 사람들과 연결을 덜고 내면에 집중하게 된 고독은 예상과 달리 외로움과는 거리가 멀었고, 그 시간은 내 손에 쥘 수 있는 선택지가 생각보다 많았음을 알려주었다. 그렇게 오롯이 나로서 살아가며 다져진 기준은 오래도록 괴롭히던 인위적인 의미까지 걷어냈다. 북적이는 장소를 기꺼이 찾아다니던 내가 이제는 사색하기 좋은 고요 속 정적인 일상을 즐긴다. 조금 아팠고, 순수했고, 혼란스러웠던 지난 계절의 나는 앨범 한편에 잘 정리해 두었다.

인내. 나를 사랑하기 위한 마지막 단계다. 사실 모든 단계에서 붙잡고 있어야 할 자질일지도 모르겠다. 변변찮은 내 모습마저 그게 '나'라고 떳떳하게 내보일 수 있을 때까지 견딜 용기 말이다. 앞선 단계에서 나를 이해하고 인정하기 위한 물음을 던졌다면, 이제는 그 대답을 내게 알맞은 모양으로 빚을 차례다. 외로워하면서도 혼자가 편안하고, 얄미워하다가도 은근하게 사랑하고, 들키고 싶지 않으면서도 간혹 알아주기를 기대하는 나는 하나로 정의 불가능한 모순덩어리였다. 맞닿은 환경과 감정 따라 시시때때로 변해가는 한 인간이다.

평면적인 사람 같다는 말을 듣고는 한다. 숨기는 것

없이 전부를 보여주는 것 같다나 뭐라나. 사람들은 유독 나를 편하게 대했고, 궁금하지도 않은 비밀을 알려주면서 고민 상담을 청했다. 스스로 깎아내리는 동안 누구는 나라는 사람이 부럽다며 신기하다고 했다. 우리는 서로 부러워하기 바빴다. 저마다의 이상적인 우주가 멀리서는 참 평화로워 보인다. 우리 부모님의 결핍과 가치관이 바탕이 된 조건 없는 지지는 내가 열망하던 인정을 세상 기준이 아닌 자신에게서 찾을 기회를 선사했다. "민이가 하고 싶으면 그때 하겠죠." 어릴 적부터 혹할 법한 제안에도 흔들린 적이 없었다. 덕분에 경쟁사회의 일원이 되지 않았고, 어우러지는 낭만을 꿈꿨다. 수식어로 짜인 판단보다 정제되지 않은 모습으로 모두를 대하는 게 꾸준히 사랑받고 자란 사람처럼 보이게 했다. 자유가 억압된 사회에서는 보통 지지받은 아이가 사랑받은 걸로 취급되고는 했으니까. 그로부터 파생된 도전이 이 깨달음의 우주를 만들기도 했다. 그 태도가 나를 자유롭고 매사 진실한 영혼처럼 보이게 했다. 잎새도 그런 이유 때문에 나를 친구로 두었다나.

그렇지만 어느 부류는 본인과 다른 모습에 민감했다. 반응하지 않는 것에는 더더욱 날카로웠다. 관심이 없었을 뿐인데 세상 물정을 모른다며 훈계 대상이 되고, 꾸

믿없는 모습으로 인해 터무니없는 구설에도 오르내렸다. 어릴 적에는 친구의 피시방 요금을 대신 내기라도 하면 돈으로 관계를 사는 애가 되어있었다. 알아서 잘한다며 부모님께 얻은 지지는 '나한테 기대가 없나?', '원하는 게 없나?'하는 생각의 오류로 이어졌다. 보이는 대로 믿는 아이는 표현에 인색한 부모님을 머리로만 이해했다. 도리어 강제로 목표를 부여받는 애들을 부러워하면서, 구김살 없다는 일관된 가면을 써 입체적임을 선망했다. 괜히 배부른 소리를 한다고 나무라지는 않을까 고민과 아픔을 꺼내기보다 실없이 웃고만 다녔다.

단지 그 한 가지 껍질만 중첩해 온 나라서 평면적으로 보였나 보다. 메신저 목록을 훑는 순간에는 마치 사랑을 구걸하는 양 초라하기 짝이 없었지만, 그 불안이 눈치를 극대화해 잘 기억하고 잘 들어즈는 사람으로 보이게 했다. 그러니까 사랑받은 적이 없는 게 아니라, 사랑인지 알면서도 헷갈렸다. 여전히 누구는 경쟁에 참여하지 않았다는 이유로 한심함을 쏟고, 누구는 부러움을 뱉는다. 와중에 어떤 이는 외부 시선을 자기 자신을 알아가는 배움으로써 활용한다. 이제는 억울함을 소명하기 위한 연락을 돌리기보다 그들에게 결핍된 것을 내가 가졌다는 사실에 은은한 감사를 머금고 내버려 둔다. 쉽사리 던져지는 투사에 연연하기보다 내가 나를 알아주면 그걸로 족했다.

상황 따라 다른 페르소나가 드러나는 건 보호색을 띠는 동물처럼 당연했다. 여전히 내치고픈 특성도 한 조각으로 자리해 있지만, 어쩌면 누군가는 그것 때문에 더욱 나를 사랑할지도 모르는데. 온전히 나의 일부로서 조화를 이룬 결핍이 누군가를 충족해 줘서 가장 사랑하는 특징이 될지도 모르는데. 그거면 충분하지 않은가. 나를 사랑해 볼 이유. 나는 이 영화의 주인공이고, 내일 또 어떤 우연을 만날지는 모르니까.

때로 완전해 보이는 것을 의심한다. 잘 사랑하게 되기까지의 그들은 어떤 계절을 견뎌온 걸까. 무슨 밑그림을 숨기고 있을까. 의연해진 그들은 타인의 감정과 아픔을 판단 내리지도, 다른 상처의 이력을 헐뜯기 위한 자격으로 삼지도 않았다. 별다른 반응 없어 보이는 잔잔함이 가장 단단한 거였다. 모든 감상에는 결핍된 내가 숨어있었고, 부러움이란 그저 내면 깊숙이 존재하는 자신을 끌어내고픈 욕구가 반사된 거였다. 내 것일지 모른다는 한 줄기 희망. 그런 나를 만나기 위해서는 현재를 인지하고, 인정하고, 실패를 경험할 숱한 연습과 시간이 필요했다.

얼마 전 요가 회원권을 끊었다. 다른 품을 기대하던 나는 처음 스스로 안아주었고, 내 몸을 다루면서 자신과 친하지 않다는 걸 새삼 느꼈다. 이성을 가진 우리는 요가처럼 고통의 자리에 호흡을 넘겨줄 수 있었다. 신기하게도 숨이 머무를 때마다 조금씩 나아졌다. 온몸을 감싼 근육통에 겁도 났지만, 날이 거듭될수록 고통은 줄고 유연함은 더해졌다. 다시 아픔이 찾아도, 금세 일어설 수 있었다. 신체 구조와 상태. 명상하면서 드는 생각과 몰입. 이 좁은 요가원에서도 이렇게나 다른데, 그 많은 내면은 얼마나 다를까. 고작 몇 장면으로 어느 영화에 대해 무슨 말을 하겠는가. 같은 쌍무지개를 만나도 내 소원은 유일했고, 한 사람이 평범해 보이는 건 아직 그의 계절을 듣지 못했기 때문이다. 그마저 목적지는 자기 사랑으로 같았다. 사랑의 당위성은 내내 곱씹어도, 어떻게 사랑할 수 있는지는 무심했던 우리. 허다한 언어로 대체된다고 해도 살아감이란 나와의 사랑법을 찾아가는 여정과 별반 다를 게 없지 않을까. 이대로 곁에 머물러 밑그림 위에다 무얼 그려낼지, 무엇이 나와의 사랑인지에 끈질기게 몰두한다.

27의 첫 경험 :

자
기
주
도

끼리끼리는 과학이다. 마치 전자가 유사한 에너지 준위끼리 모여 띠를 이루듯, 우리도 닮은 파장을 지닌 사람끼리 자연스럽게 끌리는 게 아닐까? 하는 생각이 들었다. 어떤 이는 바라보기만 해도 기분이 좋아지지만, 어떤 이에게서는 설명할 수 없는 찝찝함이 느껴진다. 그만의 분위기, 어쩌면 그게 각자가 지닌 정서의 결이 아닐는지. 상대와 쉽게 닮아가며 배어드는 내게는 결이 중요했다. 이제는 누구를 바꾸려 애쓰기보다 더 좋은 파장을 찾아 머무르려 한다. 익숙함에서 벗어난 환경 변화로 내 주위를 다시 채워가는 것도 나를 사랑하는 방법이 될 수 있었다.

어쩌면 관찰자를 좇던 내게 불가피한 변화는 객석에서 누군가를 방출시키는 일이었다. 옛날에는 나를 함부로 대해도, 신경 쓰여도 내가 예민한 걸까 내색하지 못했다. 그러나 이제는 자기 의심이 아닌 규칙에 따른 조처를 한다. 누구나 입장할 수 있고 웬만해서는 받아들이지만, 다음 장면에서 과감히 삭제하기도 한다. 어떤 이와 관계를 계속 유지해도 괜찮을지 의심이 들 때는 그 대상에게서 무슨 단어가 떠오르는지, 어떤 태도로 영화를 관람 중인지 떠올려 본다. 긍정이라면 만나도 좋은 시기이고, 아니면 적어도 쉬어 가야 할 관계였다. 그로 인해 생겨날 공백을 두려워하며 매달린 합리화된 의미 대신, 눈앞에 드러난 사건과 관찰된 반응을 차근히 마주하면서 나만의 기준을 하나씩 세워나갔다. 모두에게 좋은 사람이라도 내게는 아닐 수도 있다. 혼자 사랑하려고 노력하는 것도, 미워하는 것도 불필요한 에너지 소모에 지나지 않는다. 기왕이면 그 에너지를 나와 사랑하는 이들을 위해 소비하기로 했다. 내 비중이 백 퍼센트인 이 영화는 선택에 따른 책임까지도 모두 내 것일 테니까.

까불다 맞은 옛적을 제외하고, '이수민이 싸운다.'라는 문장은 성립되지 않는다고 누가 말했다. 돌이켜 보면 내가 무언가 어겼거나 잘못해서 이어진 갈등은 영점에 수렴했다. 그런데 왜 나는 늘 내 잘못이라 여기고, 내게서만 이유를 찾았을까. 방어적인 사람은 이기적이다. 그중 회피 성향이 강한 이들은 각색과 미화의 천재로 보였다. 기억 혹은 감정을 왜곡하거나 이상화해 자신을 보호한다. 다치지 않는 법에만 골몰하는 이에게 투명한 마음과 불안 애착은 쉬운 먹잇감이 되었다. 잘못의 유무를 떠나 먼저 다가서니까. 이제야 나는 자아가 생긴 사람처럼 그의 상황을 들었다면 차분히 내 감정도 꺼내어 본다. 우리의 다름에 어떤 반응을 하는지 살피기 위해. 그 과정에서 드러난 상한 기분에 대한 사과는 결코 상대가 우위를 점하거나 의미를 퇴색시키라고 건넨 도구가 아니다. 아니나 다를까 절연으로 끝마친 대부분은 더는 삼키지 않는 나를 잽싸게 부정했고, 끝까지 자신만 지키는 무법을 저질렀다. 도로 위 차량 중 사고를 바라는 이는 없다고 생각했다. 그런데 누구는 알맞은 거리를 유지할 틈도 주지 않았다. 이기려는 대화는 상대의 담담함에도 산만하게 대응했고, 자신에게 책임이 있으면 안 된다는 듯 논점을 흩뜨리다 결국 메신저 차단으로 흐지부지 끝을 맺었다.

대개 회피 애착의 결말은 정서적 고립으로 이어진다. 거부당하거나 달램을 받지 못한 기억 앞에 마음의 벽을 쌓은 채로 살아간다. 상처받을 확률을 줄이기 위해 혼자가 편하다며 불확실성과 멀어져 깊은 관계를 꺼린다. 감정에 기준선을 두어 억누르고, 가까워질 기회를 의도적으로 제한한다. 때때로 애착은 유년기 상처가 실제였음을 누군가를 통해 확인받으려는 보상적인 메커니즘으로 작동한다. 각색이 완료된 기억도 사실이랑 다를 뿐 꽤 명확하다. 그렇게 기다리다 지친 상대는 떠났고, 회피 애착은 모든 관계가 버려짐으로 끝날 것이라는 오래된 신념을 증명받는다.

그들에게는 인정과 사과 한마디가 그토록 어려웠을까. 나도 조금은 노련해진 건지 아니면 세상을 좁혀 가는지, 이제는 상대가 나와 같은 차원의 얘기를 하는지 보고 움직인다. 배반한 약속과 한참 뒤늦은 사과, 아무 일 없었다는듯이 다시 두드리는 연락들. 타인이라는 이유로 왈가왈부 흩뿌려진 언어에 대해 다시 생각한다. 내가 상처에 빠져 주위를 살피지 못했던 것처럼 그들도 그만의 사연이 있겠지만, 그것이 남에게 무례를 범하고 상처를 줘도 될 이유가 되지는 않는다. 아직 내가 그 모든 걸 받아들일 깜냥은 못 돼서, 함께할 수 없다는 결론에 다다랐다. 어차피 내가 나서지 않았다면 끊겼을 관계들이지 않을까. 내가 신경 써서 마음을 기울인 행동이 혼자서 자꾸 무안해질 때면, 그냥 그만의 길로 조용히 보내준다. 가장 차가운 단절은 무엇이 문제였는지 끝내 말하지 않는 것이다. 앞으로 쭉 모르도록 설명 없이 물러난다. 많은 것을 생각하고 설명하게 되는 관계는 결코 좋은 사이이기 힘들었고, 사정과 변명의 타당성은 많이 봐줘도 당사자의 연락 전까지만 유효했다. 시간 없다는 말이 어딨나. 중요도가 없는 거지.

　그렇게 내 객석에는 '사랑하려는 마음이 있는가?' 정도의 규칙이 정해졌다. 사랑은 주관적이라 꽤 유연한 기준이지만, 자기 세상만 고집하는 건 아무래도 사랑과 멀어 보였다. 그들은 나를 사랑하지 않는데 내가 그들까지 사랑할 필요가 있는 걸까. 이해와 머무름은 개별의 문제였다. 의도를 헤아리고 용서한다는 게 곁에 남을 근거가 될 수는 없다. 자신을 이해받으려 하면서, 상대의 언어가 궁금하지는 않은 사람들. 약속, 즉 서로의 의미를 기준 삼아 만들어 가는 둘만의 나란한 법. 이를 어겼을 때 처분이 없던 게 문제였고, 버림받을까 봐 붙잡았다. 가만 보면 수많은 옷깃을 홀로 붙들고 있었다. 어떤 대화에도 승자와 패자가 없듯 왜 나한테도 결정권이 있다는 사실을 몰랐을까.

　이제는 오해하는 이에게 굳이 해명하지 않는다. 결국 그동안 쌓아온 이미지가 모두에게 답해줄 테니까. 경계가 명명백백하지는 않아도 간단하게나마 질서를 만들어 가는 중이다. 오는 상처를 그대로 흡수하지 않게, 그들이

던진 돌을 주워 담아 문 달린 자그마한 벽을 세울 건축 기술 정도는 터득했다. 오래 알았던 사이라고 해서 이어 갈 이유는 없고, 짧은 기간이라고 해서 얕다고 결론지을 수도 없다. 그만큼 나의 애정을 자신의 힘으로 활용하지 않는 이들 앞에서는 억지스럽지 않은 포근함이 흘렀다. 어떤 태도도 한순간 만들어지는 게 아니었고, 그건 자신 과의 관계에도 포함이었다. 여전히 기억 조작으로 다가 오거나 떠날 기미가 보이면 잠시 무력해지기도 하지만, 금세 서로를 위한 균형을 찾아 현재를 이어간다. 막 퍼 주는 버릇이 한순간 사라지지는 않아도, 앞으로는 나를 잃으면서까지 행하지는 않을 테다. 아직은 조금 상처받 더라도 미리 물러서기보다 직접 경험하려는 내 방식에 손을 들어주고 싶다. 객석 분위기는 오롯이 영화가 주도 했고, 잘 흘러가는 영화를 타의로 인해 주저하거나 해칠 필요는 없었다. 애정 어린 관심을 보내주는 이들을 위해 서라도 좋은 에너지로 가득한, 계속해서 보고픈 그런 영 화를 상영할 것이다.

친
밀
감

내가 서툴렀다고 해서 상처를 준 것이 정당화되지는 않는다. 소원을 보내고 한참이 지난 뒤에야 열린 결말에 시야가 트였다. 이것도 어느 마음을 헤아리려는 일개 추측일 뿐이지만, 내 탓으로 내게서만 찾던 이유가 아닌 그와 닮은 이에게서 접한 힌트는 그날을 대변해 줄 높은 확률지임이 틀림없었다. 관계를 정립한 적 없는 우리는 헤어질 것도 없었다. 소원은 그저 자신에게 무관심한 곁에서 한 발짝 물러섰다. 우리가 멀어진 이유는 그뿐이었다.

알고리즘을 타고 등장한 관찰 프로그램에 한 커플이 등장했다. 그중 여성 출연자는 이미지, 표정, 목소리, 말투와 단어 선택까지 소원과 닮아있었다. 관찰 프로그램의 묘미는 속마음 인터뷰다. 가진 데이터로 그들을 단정 짓다가도 뒤이어 들리는 진실에 나의 오만을 깨우친다. 여자는 남자의 수많은 표현에도 자신을 숨기고 진심을 확인했다. 남자는 시간이 필요하다는 여자를 아무 의문

없이 받아들였고, 그에 여자는 조금씩 속도를 앞당겼다. 그 장면을 보면서 확신이라는 단어에 사로잡혀 있던 내가 떠올랐다.

첫 시작은 대외활동 동생, 그러니까 소원의 친구가 해주려던 소개를 거절하던 중이었다. 그날 우연히 보게 된 소원의 사진과 족발을 먹다 잎새가 내 핸드폰으로 팔로우를 걸었던 일, 가게에 들렀을 적의 상태, 그리고 그 이후의 서투른 감정 변화들까지 나중에 소원에게 모두 전했다. 그 이야기를 듣고 큰 의문이 풀린 듯 소원은 그간 내가 은근한 벽을 두는 줄 알았다며 확신을 위한 시간이 필요하다고 했다. 그 확신이 무엇인지는 묻지 않았다. 내가 줄 수 있을 거라고도 생각하지 못했다. 평소처럼 기다리라는 대로 별다른 반응 없이 일상을 보내던 나는 여러 차례 반복된 잎새의 다그침에 문득 겁이 났다.

— 아직도? 너 그러다 놓친다.
— 소원이 기다려 달라던데….
— 그런 게 어딨어. 후회하기 싫으면 빨리 잡아.

시곗바늘처럼 잠시 맞물린 사이는 이내 어긋났다. 아마도 우리가 틀어진 결정적인 순간이었을 것이다. "내가 기다려 달라고 했잖아."라는 말로 유보된 관계는 다른 확신을 남겼고, 그의 자존심이 상할 만큼 과한 존중과 뒤틀린 배려를 이으며 우리는 조금씩 멀어졌다. 나는 무던함을 넘어 무감하고, 무심했다. 상대방에게 아무 잣대도 기준도 들이대지 않는 게 도리어 무관심일 수 있다는 것을 알아차리지 못했다. 내 무던함의 실체는 남에게 관심을 기울일 여유조차 없는 무심함이었다. 시간을 두고 돌아봐야 할 것은 내 감정의 실체였고, 이런저런 티를 내던 그의 신호는 줄곧 무시되었다. 실수인지 기회인지는 이어진 선택에 달려 있을지도 모른다. 하지만 혼자 또 앞서 결론을 내렸다. 다음 선택까지 그의 감정이 보류임에도, 통화 속 물음이 대화를 열어 갈 새 시작일 수 있음에도, 곧이곧대로 믿으면서 떠날 사람이라 단정했다. 그냥 넘길 일도 진지한 눈으로 살피니 엇갈림도 다시 보였다. 할 말이 수백 개여도 지금이 깨질까 봐 주춤대느라, 또는 내 마음에 확신이 없어서 거짓말하지 않으려고 말을 삼켰다. 찰나의 감정은 덜어내고 이성이 정리한 불순물만 끄집어냈다. 실수와 상처를 또다시 만들지 않으려 아무것도 하지 않으며 없던 일로 만들기 일쑤였다. 그로써 변해가는 표정을 알면서도 몇 발짝 먼저 물러나 눈치를 숨겼다.

어느 날 한 친구가 물었다. "수민아. 너는 나한테 궁금한 거 없어?" 소원도 물음을 던지고 나면 항상 되물었다. "혹시 나한테는 궁금한 거 없어?" 나는 늘 성실히 답했고 되묻지 않았다. 한 질문에 열 가지 답을 하는 내가 좋은 사람이라 자부했다. 상대 영역에 의문을 품지 않는게 존중이라 자만했다. 표현에 인색한 부모님께 혼란을 빚고는 말하지 않아도 다 알 거라며 일방적인 배려에 심취했다.

— 음… 다음에 궁금한 거 생길 때 물어볼게!

문득 소원이 애착하던 단편 애니메이션이 스쳤다. 주인공 먹구름은 다른 구름과 달라 늘 위축되고 불안정했다. 자기 탓에 상대가 떠날까 두려워하면서도, 끝내 떠나지 않을 안정된 곁을 바랐다. 애초에 갈등은 맞추어가는 과정에서 자연스러운 신호일 수 있다. 그런데 우리는 상대가 어떤 사람인지 알기도 전에 하필 부딪히지 않았고, 하필 닮아있었다. 서로 각자의 자리에만 머물러어떤 의견도 취향도 내세우지 않은 채 다가오는 마음마저 외면했다. 무얼 지키려 했는지 몰라도, 그건 아무것도 지키지 못한 셈이었다. 귀만 열면 뭐 할까. 마음을 안열었는데. 그저 떠나감을 막는 데만 애쓰다 더 큰 마음을 희생했다.

　어느 순간 나란히 서서 서로의 표정은 살피지 않았다. 물음도 사라졌다. 맹물 같은 나는 누구와도 어우러질 수 있었고, 언제든 어질러질 수 있었다. 소원뿐 아니라 모든 관계에 내 사정은 빠져있었다. 앞뒤 다른 사람들에게 데인 기억 때문인지, 상대를 알아보기도 전에 나는 수없이 쌓인 인물과 상황 데이터로 상대를 너무 쉽게 판단했다. 물론 던지지 않았다고 해서 궁금하지 않았던 건 아니다. 사랑의 공백으로 생긴 결핍은 친밀해질수록 더 자주 드러났다. 그들이 한 발짝 떨어져 관계를 돌아보는 동안 내 식대로 상대 감정을 해석했고, 불안에 빠져 실체를 볼 수 없었다. 그저 내 존재를 알아주는 사람이면 연락을 이어갔고, 그들이 내게 맞춰가는 줄도 모르고 잘 맞는다고만 생각했다. 대상이 아닌 잠깐씩 맞아떨어진 시절을 붙들고 그리워하니 홀로 미련만 남았다. 누가 나를 떠난 게 아니라 내가 사랑하지 않았고, 나보다는 그들을 조금 더 많이 사랑했다. 꺼내지 않은 마음으로는 모양을 알 수 없으니, 그들도 점차 식어갔다. 지쳐 마음을 정리한 이에게 뒤늦은 표현은 와닿지 않았다. 외딴 것만 마음대로 채워 주고, 받을 틈은 주지도 않는 여지없이 뻔뻔한 관계였다.

나를 사랑해야 남도 사랑할 수 있다는 뻔하디뻔한 애기. 나와의 사랑이 채워지고 나서야 그 여유와 넘침으로 타인을 감쌀 수 있었다. 내게 열린 시야만큼 보이지 않는 상대의 시간을 물을 수 있었고, 완전하지는 않아도 이해의 퍼즐을 맞춰갈 수 있었다. 누구나 환경 따라 계속해서 변해갈 테니, 각자 속도에 맞추어 변하는 의미를 헤아릴 더 많은 대화가 필요했다. 그 여정에서 함께 변해가는 내 모습이 마음에 드는지 돌아본다. 사랑에는 수많은 방식이 있겠지만, 그중 제일은 보이는 너머를 궁금해하는 것. 아니 마음을 꺼내도 괜찮겠다는 신뢰를 상대가 느끼도록 하는 것이다.

서로의 결핍을 충족해 주는가? 이 물음은 사랑하는 사람이 나아갈 최선의 시나리오이자 모든 관계의 기준일 수도 있겠다. 무언가 충족되는 듯한, 마냥 들뜨기보다 낯설고 불편한 감정. 불완전한 우리를 그나마 완전하다고 착각하도록 하는 게 사랑이라, 그래서 아름다운 걸까. 아니, 어쩌면 사랑은 불완전한 나를 온전히 바라볼 수 있게 하는 용기에 가까울지도 모른다. 여름이 시원함으로 환기되고, 겨울이 따뜻함으로 충만해지듯 나라는 존재를 일렁이게 하는 무언가로부터. 치유의 자리에서 닮은 듯

다른 저마다의 흉터를 어루만져 완전해 보이는 하나를 이루는 것. 이제 채워 주고픈 충동이 느껴질 때 그걸 사랑이라 부른다. 그건 찰나의 그 감정을, 곁에서 그 찰나가 지속될 것이라 믿는 것이다. 서로가 그 믿음에 보답할 거라는 약속이다.

꽃에 매일 예쁜 말을 해주는 게 사랑일지에 대한 진실은 그 꽃만이 안다. 진화심리학은 사랑을 생존과 번식의 전략으로 보는 시각도 제시하지만, 되돌아보면 우리는 함부로 정의할 수 없을 만큼 더없이 복합적인 이유로 사랑한다. 나는 이 영화 속에서 온갖 방식과 의미를 빌려와 사랑을 정립해 갔지만, 결국에는 함께 빈칸을 채워갈 친밀한 대상을 찾는 것. 그게 이 모든 질문의 요점이었다.

누군가 잘 사랑하는 법을 묻는다면, 우선 그를 빤히 보라고 할 것이다. 그러면 무엇에 응하는지가 보인다. 이해하기가 힘든 반응이나 선택도 내 시선에서나 갑작스러운 거였다는 걸 알게 된다. 이리저리 치여도 혼자이기보다 사랑인 이유. 나를 사랑하는 또 다른 방식. 돌려받지 않아도, 주는 것만으로 이미 이상의 채움을 느낄 때가 있다. 하지만 받을 준비가 되어야 진짜 사랑하게 된다. 여전히 나와는 먼 감정처럼 느껴지지만, 머지않아 나

도 당연하게 해낼 그런 날이 올 거라 믿으며 살아가기로
했다. 이별이 두려운 만큼 더 잘 사랑하는 사람이 되어
간다.

나의 셀러브리티

붕
괴

　나를 알아가는 게 가끔은 스스로 망가뜨리는 일 같았
다. 조금 떨어져 보니 새로운 표정이 보였고, 낯익은 듯
낯선 감정에 내가 누구인지 깨닫고는 했다. 그런데 희미
했던 우울감이 날로 깊어지더니, 일 년쯤 지났을 어느
날에는 퇴근길 버스 안에서 하염없이 우는 자신을 발견
했다. 늘 가슴 한편에는 결핍이라는 이름표가 눌어붙은
기분이었다. 차 소음이 주변을 감싸도 아무것도 들리지
않았고, 턱 막히는 숨에 묶여 어느 것도 보이지 않았다.
민망함에 쫓기다가도 누가 알아줬으면 하는 찌뿌듯한
감정에 휩싸였다. 오늘은 어디라도 내 상태를 알려야 할
것 같았다.

　평소 해맑은 이들을 보며 내 기대가 지켜지기를 바라
는 욕심을 부린다. 나를 별생각 없는 사람으로 여기는
주변의 시선에 부응하기 위해 내가 겪는 아픔을 또 한
번 숨길 뻔했다. 그러다 나는 가깝지도 않고, 딱히 멀지

도 않은 한 친구에게 급히 메시지를 남겼다. "혹시 통화 돼?" 그런데 이런 게 처음이라 그랬을까. 무슨 일 있냐는 염려에 울컥하다가도 괜히 창피해 실없는 농담으로 분위기를 풀었다.

— 너랑 애매하게 친해서 연락했어.

아! 이 말은 하지 말지. 때때로 사과는 죄책감을 덜기 위한 수단이 된다. 그렇게 불편한 마음을 덜고자 하는 충동에 여러 번 사과를 남기다가 알아차렸다. 미룬 감정이 마침 수면을 넘친 것뿐이지. 꽤 오래전부터 울고 싶은 상태였다는 걸. 이로써 앞당겨졌든 미루어졌든 언젠가는 터질 감정이었다. 한편으로도는 눈물에 솔직해진 상황이 좋은 건가 싶었다. 태어날 때조차 울지 못한 내가 자신에게 기대어 힘차게 흐느꼈다. 언제부터 쌓인 눈물인지. 그래도 오는 감정을 있는 그대로 느끼고 살피는 것에는 익숙해진 나는 곧바로 지난 계절을 역재생했다.

남들 아픈 거 고쳐주고 나만 망가지면 무슨 소용인가. 일 년이 넘도록 아득한 곳을 쫓아 왜라는 질문을 던졌다. 나에 관해 알수록 무엇이든 해낼 수 있을 듯했다. 이따금 움직일 힘이 없어서 누워간 있었다. 분명 바뀌어가고는 있는데 무얼 잘못 설정했는지 이런저런 감정이 오락가락했다. 어느 하나로 말할 수 없을 만큼 복잡하고 미완인 상태로 삐걱거리는 마음과 고양감을 번갈아 경험했다. 병원 문 앞에서도 마찬가지였다. 의사나 상담사도 응어리진 마음 앞에 누군가 귀 기울여 주기를 바라는 건 똑같을 거다. 그런데 나는 의사 선생님이 건네는 질문을 스스로 던질 수 있다는 이유와 어디서 온 감정인지 자신을 돌볼 만한 몇몇 지식을 얻었다는 자기 과신으로 병원에 가는 수고를 덜며 발길을 돌려세웠다.

그동안 내가 많은 사람을 만나고, 온종일 그들과 시간을 보내도 뒤돌자마자 혼자라고 느낀 이유는 간단했다. 꼭 좋아한다는 소문에 오랜 짝사랑을 시작한 사람처럼 허상의 꼬리를 뒤따랐기 때문이다. 존재하고 싶은 욕구가 관찰자를 좇게 했다. 주객이 뒤바뀐 착각에서 기인한 관계는 피상적이었고, 그게 순간 회피에 불과하다는 자각에 궁극적인 해결법만 수소문했다. 그렇게 나의 새벽에는 지진이 일어났다. 잠에서 깨면 침대가 흔들리고, 놀라서 거실로 나가면 집이 흔들렸다. 뉴스를 찾거나 밖을 확인하면 전에 없이 고요했다. 처음에는 꿈인가. 다음에는 집이 이상한가. 누차 반복한 후에야 몸이 떨리는 거구나. 그러고는 초점 흐린 눈으로 깊은숨을 내쉬었다. 전부터 몸은 알아달라는 신호를 보내고 있었다. 정말 힘든

건 상태를 모를 때보다 문제를 앎에도 아무것도 못 할
만큼 자신이 무력해 보일 때였다.

지속된 불면은 마음의 앙갚음이 분명했다. 의외로 실
수는 회피조차 하지 않았다는 거였다. 한순간에 모든 생
존법과 단절한 채 꾸준한 관찰자만 좇았다. 왜 사냐고
그렇게 물어봐 놓고, "너는 어때?"라는 답문에 응할 수
가 없어서 그랬다. 잠깐이라도 인정받는 안정감이 좋았
던 대상으로 추정되는 관계라면 가차 없이 끊어냈다. 금
세 연락처에는 구백 명에 가까운 인물이 사라졌다. 객석
을 모두 비운 채 혼자만의 공간에서 자신만 관찰자로 두
는 연습을 했다.

나의 인내에는 모순이 있었다. 자신을 이해하고 받아
들이기까지는 견뎌냈으나 변화하는 내가 만날 날에 대
해서는 아무 고민도 하지 않았다. 인지하고, 인정하고 본
질을 찾아서 연습하면 된다는 삼 단계 학습법만 따랐다.
이론상 본질을 찾았으니, 경로를 멈추고 목적지로 방향
을 틀면 된다는 오만한 판단을 부렸다. 하지만 감정은
이론의 순서를 따르지 않았다. 격관화라는 성찰의 이름
으로 나를 몰아세운 건 전처럼 삶의 안내서를 따르던 때
와 다를 바 없었다. 여전히 나를 알아가는 게 아니라 세
상의 공식에 갇혀 정답을 흉내 내고 연기했다. 무섭게

달리는 차 안에서 나는 급브레이크를 밟았고, 결핍은 관성에 반작용되어 빠른 속도로 빨려들었다. 언제 추락할지 모르는 공중분해 상태. 평생 의지한 생존법을 어떻게 한순간에 내려둘까.

— 제발 나한테 아니라고 좀 하지 마!

대신 오랜만에 가까운 친척 집에 들른 날, 어떻게 지내냐는 질문에 밝지만은 않은 근황을 밝혔다. 그 친척은 내가 지금 몸이 너무 편해서 그렇다고 했다. 조금도 내가 고려되지 않은 판단 가득한 질책이 넘나들었다. 혹여 그의 말을 내가 잘못 들었는지 재차 확인했다. 그러나 그는 사전적 의미까지 꺼내며 다그쳤고 완강하게 본인의 말을 밀고 나갔다. 그에 나는 처음 외부로 분노를 터트렸다. 비로소 세상에 혼자인 기분이 들었다. 억누르며 홀로 지새운 밤들. 갈등을 없애줄 거라 믿어 짓던 맑은 웃음과 좀처럼 풀리지 않던 의문들. 아직 나는 그걸 전부 감당할 방법을 알지는 못했다. 언제나 맑아야 했던 놀이공원 날씨는 흐린 순간 질책의 대상이었다. 객관화할 때 가장 먼저 바꾸어야 할 것은 주변 환경이었다. 관성의 법칙을 따르지 않고, 다시 되돌아가지도 않을 정도의 환경 조건 변화 말이다. 우리를 위해서라도 당분간 멀어져야 했다. 내 마음은 디딜 곳 없이 붕 떠다녔다.

직후 나는 한 사건을 마주하며 길이 툭 끊어진 듯 완전히 무너졌다. 아는 형 집에 들렀다가 홈시어터에 로망이 생겼고, 갖고 싶은 건 가져보기로 한 나라서 중고 카페를 알아보았다. 그러다 저렴하게 올라온 빔프로젝터를 구매하려다가 사기를 당했다. 직거래하는 척도 하고, 금융 앱도 인증되어 있길래 놓칠세라 붙잡았다. 이러려고 참고 견딘 게 아니었는데…. 순간 나에 대한 배신감이 솟아오르며 끝끝내 뒤집혔다. 전부터 알아차렸다. 그러면서 남들과 내가 좋아하는 천진난만한 모습을 저버렸다. 자각적으로 계산하고, 남들 또한 그런 관점에서 바라보았다. 이 시기만 견디면 전보다 나은 선택을 할 수 있다는 기대로 버텼다. 그런 이유로 변해가는 자신을 괴로워하면서, 주변에 더 옮길까 봐 나만을 오롯한 관찰자로 두었다. 그런데 택한 것은 최악이었다. 이 사건을 계기로 오랜 시간 조용히 쌓여온 분노가 한꺼번에 터져 나왔다. 단, 지금껏 제대로 표출해 본 적 없는 공격성은 애먼 자신에게로 향해 깊숙이 빨려 들어갔다.

내 해답은 나만이 안다. 같은 여행지도 목적에 따라 일정은 완전히 달라진다. 오류는 빠르게 도착해야 한다는 강박에 있었다. 그곳에 도착하는 데 있어 맞춤 경로가 무엇인지. 얼마의 속도가 적당한지는 고민하지 않았다. 회피는 때로 적절한 피신이었고, 정작 내게 필요한 건 아무것도 하지 않는 연습이었다. 그 안에서 지켜내야 할 나의 것이 무엇인지부터 둘러봐야 했다. 남들이 틀렸대도 끌리는 선택이 최선일지 모른다. 경유지를 들르든, 휴게소에 머물든 마음을 아는 게 중요했다. 스스로 아는 순간 방어기제는 쉽게 모습을 드러내지 않았다. 명확한 최선과 약간의 유연성. 배운 걸 토대로 기계처럼 주입한다면, 맞지 않는 걸 마냥 견딘다면 전과 뭐가 다를까. 객관화의 본질은 이해를 넘어 변해가는 자신에 맞춰 시도하고, 수정하고 알맞은 최선을 찾기 위한 끝없는 여정에 있었다. 그걸 멈추는 순간 사랑의 수명도 끝났다. 나를 알아가기까지의 인내가 결핍을 발견하고 받아들이는 데서 오는 아픔이라면, 이후 요구되는 인내는 꽃샘추위를 지나며 단단해질 시간이었다. '시간이 약'이라는 말은 시간이 저절로 해결해 준다는 뜻이 아니다. 나아지려고 애쓰는 이에게는 그것이 더 이상 아픔을 주지 못할 만큼 성장해 있을 날이 올 수도 있다는 의미였다.

　서두르지 않고, 그렇다고 멈추지도 않은 상태. 중간에 잘못된 길을 들 수도 있겠지만, 전보다 큰 상처를 입을지 모르지만, 이제는 나를 안다. 마음을 이완하고 마주해야 과거의 내가 얼마나 경직되어 있었는지 보였다. 언제나 긴장으로 굳은 나는 무감각할 수밖에 없었다. 괜찮아야만 한다는 오만함도 보내주었다. 이곳까지 잘 헤쳐온 나를 믿고 느끼며, 언제나 내 상태를 인지하고, 챙길 줄 알면 됐다. 이제는 힘듦이 나를 찾아도 온전히 아픔을 느끼려고 노력한다. 그러면서 새로 다가올 행복을 기대한다. 소중하지 않았다면 아플 일도 없었다. 더없이 소중한 나라서 아플 수 있었다.

가스라이팅하는 데 미안 :

"수민아. 한 달 정도 너랑 살면서 가장 많이 했던 건 네가 주는 부정적인 에너지에 반응하지 않으려고 한 거야. 네가 아낀다는 사람들에게 여태 무얼 줘 왔는지 생각해 봤으면 좋겠어. 너랑 거리를 두는 건 악의적인 감정이 있어서도, 관계를 끊고 싶어서도 아니야. 단지 지금의 너는 내 곁에 둘 수가 없어. 감정 해소 역할을 할 여력도 없고, 끊임없이 생기는 네 부정적인 에너지를 감당할 엄두가 안 나. 어쩌면 너조차도 감당이 안 돼서 주변에 기대는 건 아닌가 싶어. 모쪼록 네가 건강했으면 좋겠다."

지키고 싶어도 끊어지는 관계가 존재한다. 타인의 확신은 의심을 남기며, 자기 확신은 그 영향을 아무런 감흥조차 없게 무력화시킨다. 나서서 객관화를 알려준 잎새는 내게 찾아올 힘듦을 모두 예상했다는 듯 그 시작에 대해 사과했다. 그로부터 반년이 지난, 즉 내가 사기를 당한 날로부터 이틀 뒤 우리 집 안방에 세를 들어 살던 잎새가 갑자기 사라졌다. 아침에 일어나서 본 방은 아무 흔적도 없이 비어 있었고, 없어진 냉장고 위 영상 장비와 스탠드 조명을 보고 꿈이 아니구나 싶었다. 그는 사과 메시지와 전화에도 일절 응답이 없었다. 잎새 어머니께 예상치 못한 격정 연락이 온 다음 몇 시간 지나 위와 같은 장문의 메시지만 돌아왔다.

미안했다. 내가 지친 게 본인 탓이라던 잎새 말처럼 결핍을 인지한 날부터 알 수 없는 아픔이 몰려왔다. 들려달라는 반복 요청에 용기를 낸 것뿐인데, 물음에 답할 때 빼고는 감정을 드러낸 적도 없는데. 나를 피하겠다는 잎새를 두고 어디서부터 잘못된 걸까 되짚었다. 내가 처음 잎새를 의심한 건 그가 입주한 달의 이십오일이었다. 차를 빌려 탄 기름값은 리터 단위로 계산해 주겠다던 잎새가 "우리 사이에 월세는 다음 달부터 줘도 되지?"라는 의미 부여를 범했다. 차 보험비도 계산해서 나누어야 하나 싶다가도 그가 알려준 단어로 의구심을 달랬다. 잎새는 상대를 있는 대로 받아들이는 행위와 그 관계를 '포기'라고 불렀고, 쌓여가는 모순에 나는 항상 저 두 글자를 앞세웠다.

— 요즘 나도 모르게 잎새를 미워하는 것 같아. 그게 너무 괴로워. 나는 재가 왜 저러는지 아는데. 그러면 미워하면 안 되는 건데.

예전부터 잎새는 감정을 나눌 대상이 있으면 객관화에 도움이 될 거라고 추천했다. 하루 종일 힘없이 누워만 있다가 마주한 새벽, 나는 내 얘기를 꺼내기로 약속한 누나에게 며칠간 일렁이던 고민을 전했다. 아침이 오기 전에 그가 떠난 걸로 봐서는 두 방 사이 거실을 끼고 있음에도 그걸 들은 듯했다. 이번에도 내가 할 수 있는 건 기다림이라고 생각해 감정 일기를 끄적였다. 잎새와의 시간, 앞선 말이 나오기까지의 과정, 그의 언어, 세상의 언어, 나의 언어. 그곳의 의미를 모조리 분리해 현상을 추출했다. 그때 알았다. 나는 어느 관계의 파수꾼이 아니라 자기감정의 변호자여야 한다는 걸. 관계를 먼저 챙기기보다, 내 마음 온도를 알아차리는 편이 우선시되어야 했다.

"잎새에 대해 아는 사실과 느껴지는 감정들 사이에서 꾸준한 인지 부조화가 왔었다. '포기'라는 단어를 따라 쓰며 그의 행동을 합리화하고 스스로 감정을 조절하려 들었다. 있는 그대로 인정하는 수용의 태도는 억누르는 포기가 아니라 온전히 마주함에서 시작되는 걸 알았을 때는 뭔가 잘못되어 가고 있음을 느꼈다. 서로 약점을 아는 게 건강한 사이고, 철저히 계산되고 이성적인 게 좋은 관계라는 그의 말이 이해가 안 된다. 그와 반대로 나는 사람 관계에 대한 굳은살이 많아 감정 교류에서 안정을 느낀다. 그런데 어느 순간 내 마음을 따르는 선택과 행동은 그로 인해 당연한 오답이 되었다. 돌아오는 냉담한 언어는 우리 사이 정답이었다. 솔직히 그의 계획대로 내 것을 하나씩 포기할 때마다 두려웠다. 그가 나도 모르는 나에 대해 떠들고 다닐 때는 뭐가 맞는지 혼란스러웠다. 이따금 이용당하는 기분이었고, 가끔은 알면서도 눈을 감아주었다. 어떤 이유든 그를 돕는 게 나쁘지 않았으니까. 이건 내 잘못이다. 우리는 다르니 적당히 쳐내야 했는데, 그와 다르게 나는 그러지 못했다. 그가 말하는 대로 따라가다가 오히려 망가짐을 반복했다.

주변에서는 유달리 나를 걱정하는 사람이 많았다. 그런 나를 많이 챙긴다는 잎새 부모님의 말씀을 듣고, 나는 그 말을 믿어봐야겠다고 매번 되뇌었다. 그만큼 잎새에게 제대로 된 사과를 하고 싶었다. 그러나 만나서 얘기하자는 말과 미안하다는 사과에 돌아온 그의 메시지는 되새길수록 내 발언권을 완전히 앗아가는 행동처럼 여겨졌다. 그가 내린 선택은 과연 최선일까? 그건 내가 판단할 수 없지만, 나와 잎새 사이에 거리 두기가 필요한 시점인 것은 분명했다. 나는 그의 진심이 메시지 그대로이기를 바란다. 더 나아가 내게도 시간이 필요하다. 잎새가 이끌린 자유롭던 나와 지금의 내가 무엇이 달라졌는지 되돌아봐야겠다. 혹여 이 글을 잎새가 본다면 잠깐이나마 우리가 보낸 시간을 떠올려 주기를. 이상하게도 이유를 불문하고 그가 밉지는 않다."

오랜만에 공기가 무척 맑고 달았다. 한 단어 앞에 포개어 가려진 감정 조각이 형태를 갖추니 이토록 개운할 수가 없었다. 최대한 이 상황을 제삼자의 눈으로 보려고 노력하며 고민 끝에 메모를 잎새에게 정리해 보냈다. 답장은 한 달이 지나서 왔다. 스마트폰, 태블릿, SNS. 같은 메시지가 세 곳에 시차를 두고 도착했다. "잘 지내니. 월세가 자동이체 되어서 다시 보내주면 고마워~" 여전히 그의 의도를 알지 못한다. 모양 그대로 나를 위한 건지, 내가 불안해할 수도 있는 요소들을 의도적으로 메시지에서 꼬집은 건 아닐는지. 아니면 의외로 그가 상처받지 않으려고 떠났는지. 요즘도 잎새는 주기적으로 연락해 온다. 하지만 감정 하나 들려주지 않는 그를 만날 이유가 없었다. 벨이 울리면 막연한 떨림이 번지고는 했고, 오래 탓해오던 착한 아이 원칙이 다행으로 여겨졌다. 하지만 어떤 판단도 보류한다. 코르는 계절에 대해서 함부로 떠들 수는 없으니까. 듣기 전에는 이해든 공감이든 불가하겠지만 상관없어졌다. 혹시 나의 과한 존중이 잎새를 그런 당연함에 빠트린 건 아닌지. 저마다의 감정과 상황이 현상인데, 그간 관계를 정의하는 의미에 빠져있었다.

또 잎새의 행동이 이성에 집중해 문제를 해결하려는, 즉 감정을 논리적으로 전환하거나 억제하는 방어기제인 '주지화'로 추정되었을 때는 그간의 의문들이 풀렸다. 사회화가 잘 된 탓인지 겉모습은 강단 있어 보이고, 감정을 조절할 줄 아는 성숙함으로 비칠지 몰라도 자신을 지키려 세운 아지트의 실체는 감정을 가두는 벽이자 울타리나 다름없었다. 판단과 정의라는 행위는 극도로 치솟은 불안의 산물이고, 그 안에서 감정을 표현하는 상대를 이성의 부족으로 해석하기도 한다. 그렇게 자기 이상화를 유지하려는 나르시시즘이 개입되면 타인을 깎아내리는 태도가 드러나고는 한다. 타인을 편협하다고 몰아붙이는 태도가 오히려 자신의 편협함을 인식하지 못한 투사일 수 있다. 마찬가지로 내 마음이 그렇다는데, 자기 경험과 이론에 없다는 이유로 틀렸다고 규정짓고는 한다. 주지화를 주된 방어기제로 삼는 이의 결핍이 자극받으면 지나치게 억눌려 온 감정이 임계점에 이르며 이성의 조절력을 무너뜨리기도 한다. 잘 다스린다는 게 도망치고 있던 거구나. 그런 회피는 덩그러니 마음 한구석을 맴도는 결핍의 연장선이었고, 명명되지 못한 감정은 투정 부리듯이 찾아와도 외면될 수밖에 없다.

끝내 떨어진 잎새는 주워 담을 수 없었다. 살려낼 여력이 없었으며, 오히려 그 귀중한 자양분에 더 나은 잎새들이 돋아났다. 지난 상처로 어떠한 중요도를 상실했다면 그건 슬픈 일이겠지만, 이어진 선택의 주체가 나라는 건 분명히 잘 가고 있다는 뜻이었다. 감정과 이성은 상호보완적이며, 때에 따른 조율이 필요할 뿐이다. 아무리 생각해도 풀리지 않던 의문이 주변에 얘기하거나 사색하고 곱씹어 끄적일 때 실체를 드러낸 것처럼 말이다. 눈에 띈 한 문장이 그날을 맑고 달게 만든 건 단순 우연이 아니었다. 나의 기준, 나의 의미는 자신을 중심으로 형성되어야 한다. 특별함이 모여 평범함이 되듯 생각들이 모여 시대를 이룬다. 멈추지 않고 모습을 바꾸어가는 가짜 정답과 서로 다른 해석들 사이에서 우리는 자기 의심을 피할 수 없었다. 하지만 스스로에 대한 믿음이 확고하다면 외부의 어떤 가스라이팅도 쉽사리 영향력을 발휘하지 못한다. 아마 나처럼 서툴렀을 뿐인 잎새만의 슬픔도 응원

한다. 다시는 돌아오지 않을 아이 같던 마지막 순간에 함
께해 주어서, 비데는 떼어가지 않아 고맙다. 지금의 나를
만날 수 있었던 것조차 모두 네 덕분이다.

당연함에서 구하소서 :

융통성 없는 선택이 가져온 결과가 인사 없는 영원한 이별이라니. 당시 시각 오후 네 시 반. 자대 복귀는 여섯 시. 의경 외출을 나가 친척 집에서 쉬고 있을 때였다. 병문안에 간다는 작은 아빠 말씀에 나는 물음을 던졌다.

—누구 병문안이요?

아빠의 사촌 동생이자 장난을 일삼던 삼촌 중 한 분이 서울 한 종합병원에 입원해 있다고 했다. 의경 특성상 두어 시간 정도 양해받기는 어렵지 않았다. 하지만 원칙을 벗어나는 게 불안해서 아무 시도 없이 나는 경찰서로 복귀했다.

그날 삼촌은 컨디션이 좋아 모두를 알아보았고 얼마 지나지 않아 세상을 떠났다고 했다. 군 복무 중이라는 이유로 아무도 소식을 전해주지 않아 한참이 지나 알았다. 체감되지 않는 허무함. 병문안은커녕 장례식도 못 간 죄책감에 수시로 그날을 떠올리고는 했다.

간만에 그 일이 머릿속을 스친 건 2021년 추석 전날이었다. 대학로에서 연극을 본 사이 가족 메신저에 몇 글자가 머물러 있었다. "외할더니가 위독하시다. 혹시 모르니 대기하렴." 외할머니는 치매 9년 차였다. 한 명씩 잊더니 어느새 아무도 못 알아브는 지경에 이르렀다. 그렇게 우리에게만 존재하게 된 할머니는 몇 년 전 요양원에 들어갔고, 최근에는 팬데믹으로 백신이라 불리는 약물을 맞은 이후 피부병이 심하게 올라온 상태였다. 가는 병원마다 할머니가 치료를 완주하기 힘들 거라면서 단언했다. 하지만 엄마는 후회하고 싶지 않다며 완치를 목표로 달렸고, 몇 달에 걸쳐 보란 듯이 성공했다. 그리고 얼마 뒤 엄마의 엄마는 제대로 숨도 쉬지 못하는 채로 누워 계셨다. 메시지를 발견한 순간 쿵 내려앉았다. 아빠께 전화하니 우선 상황을 지켜보자고 했다.

같은 실수를 반복할까 두려웠고, 무엇보다 후회하기가 싫었다. 이틀 뒤 함께 내려가자던 사촌 누나 말이고 뭐고 자정 직전에 차 키를 챙겨서 출발했다. 도착 삼십 분 전 전화가 울렸다. 불길함이 물씬 밀려왔다. 알림음이 1초, 2초…… 5초를 넘기고, 긴 숨 아래 통화 버튼을 눌렀다.

—민아. 어디쯤이야?

　― 곧 도착할 거 같은데, 왜 일어났어?

　― 할머니 돌아가셨어. 바로 요양원으로 와.

　엄마의 목소리였다. 와중에 불안해서 집 청소까지 마치고 출발한 나는 또 한 번 늦었다. 내가 할 수 있는 건 하나였다. “제발 할머니 손 잡고 인사라도 할 수 있게 해주세요.” 몰래 속삭이던 이전 소원들과는 달리 큰 소리로 여러 번 우짖었다. 요양원은 가족이 도착하기도 전에 할머니를 장례식장으로 옮겼고, 나는 그곳에서 처음 죽음을 목격했다. 주무시는 듯한 이 순간이 다시는 바라보지 못할 마지막이라고는 조금도 그려지지 않았다. 이제 사랑하는 법을 조금 알았는데, 세상은 나를 가만두지 않았다.

　궁금했다. 엄마는 최선을 다했으니 후회하지 않을까. 아무리 준비해도 가벼워지지 않는 게 이별 아닌가. 언젠가는 마주할 현상이라도, 이기적인 마음이어도 최대한 미루고픈 바람이었다. 누구는 아름다운 이별이 존재한다는데, 그건 모든 길에 빈틈없는 최선이었을 때나 가능한 건지. 몸이 굳어가고, 차갑게 식어가는 체온을 주고받은 두 시간 동안 초점 없는 인사를 나누었다. 내가 태어났을 적부터 세상에 당연했던 사람이 부재의 존재가 되기까지의 시간이 고작 그것이었다. 한 친구가 그랬다. 뒤늦은 출발이었어도 마음은 전부터 곁에 있지 않았냐고. 덕분에 남은 체온이 잦아들 때까지 옆에 있지 않았냐고. 그거면 됐다고.

자연의 순리조차 받아들이지 못하는 내가 미웠다. 그러다가도 전과 달리 미래에 대한 다짐을 뱉는 나를 발견했다. 앞으로도 수없이 그립겠지만, 머무르기보다 나아가야 했다. 다가올 우연을 예상할 수 없듯 우리의 끝맺음도 생각지 못한 지점에서 이루어졌고, 마음껏 그리워하며 수많은 이별을 마주해야 했다. 좋은 이별이란 무엇일까. 지난 계절의 잔향이 반갑다면, 그건 좋은 이별을 했다는 증거일까. 어쩌면 이별은 단순히 종결되는 게 아니라 계속해서 해석되고 덧입혀져 새롭게 쓰이는 과정일지 모른다.

일 년이 흘렀다. 친할머니도 보내드렸다. 같은 해 겨울 앞마당에서 오래 함께한 가족도 다소 쓰라린 모습으로 무지개다리를 건넜다. 가족과의 이별은 몇 년 만에 다섯 번이나 이어졌다. 어느새 외로움의 계절은 알싸한 겨울을 맞이하기 위한 이별의 계절이 되었다. 이 시림의 계절은 남은 시간을 어떻게 살아가야 할지 돌아볼 수 있는 긴 멈춤을 나에게 선물했다.

한때 어떤 친구가 통화를 끊을 때마다 뱉는 "이따 봐." 라는 인사가 이상해 보였다. 통화는 끊겼어도 계속 연결된 기분. 이 짧은 한마디로 안정을 나눌 수 있다면 진실 여부는 그다음 문제였다. 요즘 나는 고등학교 시절 라디오 오프닝 멘트처럼 보고 싶었다는 말을 자주 써보려고 한다. 그러면 마치 평소에도 줄곧 상대를 떠올리며 이 순간만 기다린 것 같은 게 더욱 최선을 빌게 된다. 드러내지 않은 말은 없는 거나 다름없기에 표현을 시도한다. 잎새 말처럼 남들에게 무언가 말한다는 건 소리가 아닌 감정을 전달하는 것이었고, 우리는 어떤 언어를 선택하냐에 따라 고립될 수도 있고, 사랑할 수도 있었다. 대단한 명분이 아니더라도 그걸 파헤칠 자리가 필요했다. 마지막에 다다라 사랑의 말을 쏟아내기보다 평소에 당신을 기억하며, 그리움에 빠지기보다 떠오른 감정 근처쯤에서 시선을 주고받기로 한다. 여전히 계절의 안녕이 두렵지만, 그 의미를 빌려 다가올 우연과 장면을 기꺼이 즐기기로 했다.

모든 상실에는 치유를 위한 애도의 기간이 필요하다. 만약 누군가 떠나면 그를 많이 기억하는 순으로 더 슬플 거라고 누가 그랬다. 기억하는 만큼 느껴야 할 슬픔의 밀도도 짙어졌다. 영화의 도입과 결말 모두 살아감의 한 장면일 뿐이다. 우리는 모두 시한부인데, 마치 영원할 것처럼 행동한다. 이처럼 영원할 것 같던 결핍과도 조금씩 멀어졌다.

죽음이라는 단어가 가까워진 만큼 내 곁에서 그들이 떠나갈 날이 자꾸 스친다. 하지단 마냥 불안감으로 날을 채우기보다 소중할수록 더 잘 느끼고 사랑하고 잘 떠나보내는 연습을 한다. 휘발되는 게 왜 그렇게 무서웠을까. 이제는 스쳐 지나가더라도 영감이나마 하나 남는다면 의미가 있다고 생각하는 내가 되었다. 앞으로 어떤 우주가 펼쳐질지 모르니 설레고 기대하며 당연하지 않게. 나와의 사랑이 무엇일지 무의미한 걸음조차 한참을 곱씹으며 마음 가는 대로, 단순하게. 이곳에 머무를 남은 여정을 관객들과 잘 즐기고 사랑해 보겠다. 어쩌면 삶은 만나고 보내며 서로의 우연과 결핍을 맞부딪히는 게 전부일지 모르겠다. 한정된 시간 동안 그걸 어떻게 누릴지 함께 고심하며. 여운을 남기면서.

사랑한 나와의 이상법 :

통
합

한날의 의문에서 출발한 이 여정의 세미 결말. 고속터미널역 5번 출구로 나가는 지하도에는 한 벽화가 있다. '5171만 명의 주인공. 5171만 개의 영화.' 녹화 프레임 모양 거울 위 적힌 주인공이라는 세글자 앞에 서면 얼굴이 비친다. 360도 고개를 돌려보라. 이미 세상의 구심점에는 내가 있다. 첫 정거장부터 다시 되짚어온 이 긴 시간 여행을 여기서 마치기로 한다. 도약을 꿈꾸는 마이너스 통장처럼 불행도 행복도 아닌 원점을 좇던 이 영화는 이제 터득한 사랑법으로 이상을 향해 나아간다. 그곳에서 발견한 이상을 일상으로 만드는 다음 시퀀스를 이어간다.

양면 중에서도 단점에 빠지는 습관은 노력과 성과마저 운으로 치부했다. 흰 도화지에 점이 하나 찍혔다는 이유로 남은 공간을 모두 배척하고 지난날을 탓했다. 내가 오점이라며 투덜거리는 동안 누군가는 그 점을 중심으로 다음 그림을 그려갈 텐데. 흑백영화 같던 잿빛은 영원한 무채색이 아닌 덧칠 전 스케치였고, 사랑하게 된 이상 밑그림 위에 무얼 채색할지는 내 몫이었다. 앞으로의 여정에서도 쏟아지는 변수에 의도치 않게 넘어지기도 하겠지만, 예기치 못한 우연에 다시 일어설 것이다. 옛날만큼 기억하지 못하면 강박의 시절을 그리워할지도 모른다. 그러니 어차피 모르는 거 맡겨두되 가고 싶은 나만의 결말로 발을 내디디면 된다.

그간 무엇을 믿어왔고, 이제는 무얼 믿을 것인가. 내가 맞춰낸 퍼즐 조각이 이 영화가 어떤 영화인지 조금씩 알려주었다. 그동안 나는 '내가 무얼 좋아하지?' 같은 행복을 생각해 본 적이 없다. 그런데 나를 알아갈수록 해보고 싶은 일이 하나둘 생겨나는 게 신기했다. 먼일 같았던 마음도 믿고 나아가다 보면 어느새 삶의 결이 되어 흐르고 있었고, 살아갈 이유로 자리하였다. 누군가와 진심을 주고받을 때 느끼는 안정감. 서로가 머무는 순간이 마치 영원할 것처럼 믿어지는 것. 지금 내게 주어진 과제는 설명 불가능한 그 감정을 직접 살아내며 알아가는 일인 것 같았다. 그곳에서 흐르는 영감들이 나를 움직이게 하고, 그 단순한 초점이 내일을 기대하게 만든다. 변치 않는 건 내 객석의 나뿐이었다. 스크린 속에서 매일 달라지는 주인공을 보는 맛이 쏠쏠하다. 그건 그 자체로 단단한 안정감을 남겼다. 그 치트키를 다음 생에 써먹기에는 아직 이 여정이 너무도 많이 남았으니까. 어떻게 남은 여정을 더욱 만끽할 수 있을지에 지나온 모든 계절을 활용한다. 그렇게 나머지 조각을 맞춰가다 보면 언젠가는 살아있기를 잘했다고 마음 깊이 느껴지는 날이 오는지. 이를 앞세워 나다운 환경을 꾸려가는 완벽한 개인주의자가 되기로 한다.

여전히 세상이 이타적이기를 바라지만, 완벽히 개인적인 것도 나쁘지 않겠다. 자잘한 이타심도 욕망이었던 것처럼 어차피 주체의 충족 욕구가 빠진 행동은 없다. 자신에게 충실하다면 부정 에너지가 생산될 일도 없을 듯했다. 그러니까 그게 더 나은 세상으로 뻗치는 길 아닐까. 충분히 악을 다룰 수 있는 상황에서도 각자를 위한 오롯한 선을 택하면서, 삶이 진짜로 상영됐을 때 떳떳할 나만의 영화로서 말이다. 그들이 내 곁을 떠난 것도 그런 거라면 그 마음의 무게를 받아들일 수는 있을 것 같았다.

떨어져 보면 화단에 클로버끼리는 전부 닮았지만, 닮았다고 한들 다르다. 잎이 네 개여야 특별해지는 것이 아니라 세 잎끼리도 들여다보면 색상과 모양이 천차만

별이라는 걸 알 수 있다. 이처럼 모두가 지나온 환경과 배움이 다르고, 결핍이 다르다. 그래서 바라는 행복까지 다른 사람끼리 고작 감상 정도 다른 게 뭐 어떤가. 타인을 따라가고 경쟁하는 건 잠깐의 안정을 얻는 쉬운 방법일지는 몰라도, 어쩌면 나라는 존재를 지워가는 지름길이었다. 다수가 색을 잃으니 PR 시대가 들어섰고, 개인이 집단보다 중시되니 다정함을 추종한다. 반복이다. 의미의 흐름으로 죽여놓은 가치는 희미해질 때쯤 다시 피어난다. 전체주의가 펼쳐놓은 정답에 휩쓸려 자신을 소비하기보다 나로서 살다 보면 어쩌다 들어맞은 날의 선구자가 되어있을지도 모르는 거였다. 우리는 하나로 규정되지 않는 그런 존재이고, 원하는 내가 있다면 그렇게 만들면 된다. 완벽히 개인적이라는 건 결국 자신이 중심에 선 선택이어야 한다는 거다.

보통 사랑 얘기는 사랑하는 것으로 결말을 지으며 다음 이야기는 상상에 맡긴다. 보이지 않아도 그들이 계속 살아가듯 나의 열차도 멈추지 않고 계속 전진한다. 새로운 우연을 만나 맞닿은 지점에서 같이 타기도 하고, 내려서 즐기기도 한다. 낯선 정거장에 부딪힌다고 한들 마음껏 아파하고, 더 마음껏 사랑할 것이다. 관성 위에 올라선 이들은 이대로 영원할 거라고 착각한다. 그렇지만

한 번 타파한 이들은 다음 장면에 나타날 소소한 반전을 기대한다. 지난 우주는 남겨지고, 우리는 주인공답게 시련을 겪었을 뿐이다.

영화의 해피 엔딩이 아름답게 여겨지는 이유도 거기까지의 서사가 얼마나 고되었는지 지켜봤기 때문이다. 혹여 다음 여정이 두려울 때는 조금 더 성장해 있을 다음 우주의 나를 믿고 보이는 곳까지만 가서 잠깐 머무르기로 했다. 그런 선택은 결코 방치나 방관이 아니었다. 불을 끈 직후에는 완전한 암흑이지만 기다리면 조금씩 주변이 보이듯이 가끔은 멈추어 계절을 돌아볼 때 다음 시야가 펼쳐졌다. 사랑한다는 건 이해하고 받아들인다는 것이었다. 그를 위한 물음을 던져야 했고, 얻어진 이해는 마음을 제자리로 돌려두었다. 마침내 안착한 여유와 알아차림은 점차 확신으로 변해갔다. 그리고 머지않아 안정이 되어 믿음으로 탈바꿈했다. 믿는 이유는 단지 '나'이기 때문이다. 그때부터 더는 사랑이 이상의 얼굴을 띄지 않았고, 보란 듯이 행복감은 가까워졌다.

지금은 내가 그려낸 내일이 눈앞에 나타날 거라는 희망이 있다. 짧은 비가 내렸고, 넓게 뜬 무지개가 가져다준 건 그저 마음을 따를 용기였다. 상처받은 사람은 살아남는 법을 안다. 사라지고 싶은 마음은 오히려 더 살아내고 싶다는 내면의 징후였다. 미워하는 감정에는 사랑을 갈망하는 욕망이 숨어있었다. 미래의 기쁨을 이미 정해둔 이들은 넘어져도 당연하다는 듯 일어서서 다음을 향해 나아간다. 나 또한 감정을 살피는 게 습관이 된 만큼 웅크리기보다 정자세로 뻗어간다.

어느 날에는 어떤 감정이 나를 찾는 게 웃기고, 어이없고, 괜히 머쓱했다. 울음이 수도 없이 나를 적셨지만, 비 온 뒤 땅이나 물 묻은 점토가 마르면서 더욱 단단해지듯 울음이 스몄던 나 역시 점점 그렇게 변해갔다. 이렇게 나를 보살펴 이끄는 게 사랑의 여정일까. 우리는 영화를 상영해야 할 테고, 잘 다쳐야 할 테고, 조금 더 나다운 내일을 맞이해 다음 개봉할 이에게 자리를 물려줘야 할 테다. 당신이라는 영화가 여러 번 되돌아보고픈 나만의 걸작이기를 바라며. 이상을 잃어버리지 말 것. 사랑하는 내가 될 것. 내가 사랑하는 것이 모여 나를 이루었다. 무언가 사랑하는 건 자신을 사랑하는 일이고, 진심을 다했다면 그것만으로 이미 충분했다. 그렇게 큰 고비 없이, 하지만 많은 사건과 함께 내 영화에서도 꿈꾸던 장면들이 펼쳐졌다.

5
장
Amor Fati
세렌디퍼는 운명론을 따른다

몰
입

잠결에 지어낸 이야기처럼 "다 꿈이야!"하고 깰 것만 같았다. 소원이 떠난 뒤 정확하게 두 해가 되던 날이었다. 그사이 나는 한 OTT 드라마의 두 번째 시리즈까지 촬영을 마친 배우가 되었고, 동시에 데뷔했지만 기회를 뒤로하고 연기 활동을 멈춘 작가 지망생의 얼굴도 하고 있었다. 누군가의 계절이 궁금해 먼저 나에 대해 떠들 용기를 내는 게 일종의 사랑이라면, 그 비슷한 감정도 처음 느껴보는 듯했다. 그렇게 멀게만 여겨지던 소재가 내 영화에서 너무도 자연스러운 장면으로 녹아들었을 때는 언제 그랬냐는 듯 지난날이 낯설었다. 덩달아 결핍의 기억도 한낮에 꾼 꿈처럼 한순간 사라진 듯했다.

플로우. 주의와 행동이 맞물려 의식이 완전히 몰입하는 상태를 말한다. 감정은 흘러넘치지 않되 살아있고, 이성은 차갑지 않되 명료하다. 마음의 기능들이 조화롭게 작동할 때 우리는 자신에게 의미 있는 몰입에 빠져들게 된다. 그 흐름을 좇는 삶은 더 자주, 더 깊은 충만감을 안긴다. 예술가가 응축된 감정을 꺼내어 자기만의 작품을 탄생시키듯 나 역시 취향이 머무는 자리를 찾아 끝없이 유영한다. 그곳에는 자아를 풀어헤칠 플로우가 흘렀고, 더는 시간을 때우려고 힘쓸 일도 없이 오직 살아있다는 감각으로 매 순간을 음미했다.

때마다 우선순위가 다르겠지만, 나를 감싼 건 언제나 직관이었다. 요즘에도 나는 어둠 속 반짝임을 찾아 소원을 빈다. 전에는 '이렇게 되게 해주세요!'라며 모든 것을 내맡겼다면, 이제는 내 손이 닿지 않는 영역 바깥을 메워줄 다정한 응원을 구한다. 아직 미숙함이 드러나도, 직감을 믿고 선택하면서 몰입의 계절을 늘려간다. 세월은 모두에게 공평히 흐를지 몰라도, 체감하는 속도는 저마다 다르니까. 마치 기억의 셔터가 찰나를 포착하듯 몰입한 시간은 더 짙고 선명한 흔적으로 남는다. 미지로 들이찬 어린 날이 오래도록 가슴에 머무르는 것도 들썩인 감정과 자극이 기억의 밀도를 높였기 때문이다. 반대로 익숙해진 일상은 더 이상 장면을 쉽게 붙잡지 않았다.

그러니까 사랑은 거창한 이해가 아닌 아이 같은 몰입의 흐름에서 피어난다. 우연히 깃든 햇살에 가장 행복한 사람이 된 듯 입꼬리를 올리다가도 '이럴 때가 아니지…' 하고 스스로 자격이 없는 존재로 되돌리는 어른들. 반면 아이들은 사랑법을 배울 필요도 없이 넘어지면 자연스레 일어섰고, 첫걸음을 떼는 순간에는 그 경험을 기어이 제 것으로 만들었다. 와중에 산타클로스를 해체하려는 세상의 정보가 과연 누구를 위한 건지. 굳이 알지 않아도 될 세계를 너무 쉽게, 일찍 접하게 된 건 아닌지. 아는 게 힘인 줄 알았는데 모르는 게 약인 순간도 꽤 많았다. 무심코 뱉은 내 말이 어떤 이의 순수함을 해치지는 않을까 조심스러웠다. 갈수록 그 책임감은 가중되었다. 이미 넓어져 버린 세계관은 되돌릴 수 없었고, 알면 알수록 확장되는 새로운 영역과 의문들은 점점 더 크게 와닿았다. 서툴게 사랑할 기회조차 앗아갔다. 아는 만큼 고르고 느낄 수 있다는 다른 맛의 행복을 기다린대도 그때만 누릴 수 있는 싱그러운 감정과는 달랐다.

어린 나는 뾰족한 모습이었다. 맞닿은 부분만 애매하게 닿은 채, 스스로 떨어져 보지 못해 둥근 줄만 알았다. 완전히 닳고 닳아 진짜 둥글어진 지금은 오히려 전보다 아픔에 더 섬세히 맞닿게 되었다. 그만큼 모든 면이 다 채롭고 부드럽게 흘러 금방 마음 돌보는 일에 앞장설 수도 있다. 불행한 게 아닌 행복이 있는 곳으로 고개를 두지 못한 거였다. 그러니 행복하기로 정했다면 나아가면 된다. 하루가 쌓여 일상이 되고, 빈도가 늘어난 행복은 관성에 올라타 영원을 믿게 했다. 지은 표정이 훗날을 결정했다. 찰나로 지나갈 행복을 알아채고 머무를 줄 아는 이가 그 온기를 간직할 수 있었다. 그러니 잠깐이라도 나아질 방법. 그걸 아는 거면 충분했다. 이내 견고해질 우리는 봄이 오기 전에 따스함을 느낄 수 있을까. 숨만 쉬어도 속을 환기할 수 있던 겨울의 공기도 다시금 새겨질 수 있을까. 감당하기 힘든 큰 시련이 와도 나만의 플로우로 장면을 대체하다 보면, 그것대로 다 무마할 수 있을 것 같았다.

혼자일 때만큼 나를 사랑하기 제격인 시간도 없는데, 자신을 뒤로하기에 뭐가 그리 필사적이었는지. 사랑이라는 단어가 부끄러워 줄여가듯 낭만과 감성은 오글거림이 되어 사라져간다. 하지만 그게 지금의 나라면 애써 피하기보다 무채색 우산들 사이로 과감하게 젖어가기로 했다. 비가 내린 뒤에는 소원을 들어줄 무지개가 뜰 수도 있었다. 예전의 나는 하루하루를 살았고, 지금은 다른 의미로 하루를 산다. 이대로 누워버리면 변수도, 그에 대한 대가도 줄겠지만 그만큼 행복에 도달한 여지도 함께

줄었다.

그러면 삶의 문제가 아무것도 아닌 게 됐을 때는 무엇이 남는가. 그동안 애써온 건 잠깐의 해방을 기념하기 위함이었나. 기쁨의 안도는 늘 짧았고, 뒤이어 찾아오는 감정은 전혀 다른 색을 품었다. 사랑은 언제든 나를 울릴 준비가 된 가장 큰 고통의 후보였다. 그게 사랑법에 담긴 삶의 본질일까. 각자의 사랑법이 다르듯 우리는 표현 방식도 종이비행기를 접는 순서도 다 다르지만, 날릴 때의 마음만은 비슷할 테니까. 무얼 사랑하는가. 사랑하고 싶은가. 이미 머릿속 라디오에는 여러 이야기가 흘렀고, 어디에 주파수를 맞춰 들을지는 내 몫이었다. 이왕 내어줄 순수함이라면 충만할 내 것과 바꾸기로 했다. 마음이 동하는 운명을 따르되 그 흐름에 분명히 있을 나만의 이유를 찾아간다. 여기서 멈춘다면 최선이 아닐 수도 있겠지만, 계속 걸어가다 보면 내가 발견한 우주가 최선임을 알게 되리라는 확신이 들었다. 내가 내 마음의 아이를 외면하지 않는 한 나는 언제까지고 산타의 존재를 믿을 것이다. 그리고 제자리를 되찾은 삶의 해상도 속에서 내 힘으로 미처 다하지 못한 어린 날을 서서히 다시 채워간다.

아마 형을 만나지 않았더라면, 내가 연기를 하겠다고 나설 일은 없었을 거다. 그마저 취미인지, 진지하게 배울 건지 묻길래 형이 적당히 알려줄까 봐 진지하다고 질러버렸다. 나는 늘 사소한 부분에서는 사색을 거쳐 겨우 선택했다. 반대로 심사숙고할 만한 것은 다른 시선에 떠밀리듯 빠르게 결정했다. 그 과정에서 마주친 간호학과 출신 배우의 이야기를 듣지 못했다면 과거를 내려둘 용기도 쉽게 얻지 못했을 거다. 막각해 보이는 길도 나보다 먼저 걸은 이가 있다면 그들에게서 뜻밖의 힌트를 얻을 수 있었다. 어쩌다 얽힌 타인의 지난날이 본보기가 되어 시야를 터주었다.

— 형, 나 사실 감정을 잘 못 느껴요.

자유분방해 보이는 나의 억압 고백에 최초로 의문이 아닌 공감을 돌려받았다. 진학하려던 영상 대학원이 없어진 틈을 타 발견한 같은 대학, 다른 전공. 전문 대학원이 아님에도 자꾸 '연극영화' 네 글자가 마음에 걸렸다. 그렇게 후회할 여지를 두고 대학원을 선택한 나는 어느 덧 마지막 학기를 앞두고 있었다. 잎새는 내가 입술 위로 흐린 적도 없는 연기 열망을 주변에 알렸고, 은근슬쩍 나는 그 핑계로 감정 치료라는 명분을 채웠다. 대학원 동기 형이 마침 아역부터 해온 이십여 년 차 배우였고, 잠을 이루지 못한 밤 형을 찾아가 그간 알게 된 나에 대해 떠들었다.

형은 나와 반대로 감정이 흘러넘치는 배우들의 계절을 들려주었다. 수많은 시선 안에 이루어지던 그들의 삶. 관심 밖의 의외성. 하지만 형의 경험에서 비롯된 걱정과 달리 그들의 민감해진 감정도 내게는 이상으로 다가왔다. 그에 형은 연기에 관한 진솔한 대화를 먼저 제안해 주었고, 약속 날까지 일주일이라는 고민의 시간이 주어졌다.

실은 그로부터 몇 주 전부터 한 배우를 눈여겨보고 있었다. 명문대학 간호학과 졸업. 국가고시 합격. 웹드라마를 보고 SNS에 들렀다가 진행 중인 라이브 방송도 시청했다. 사람들은 보장된 안정 대신 불확실성을 좇는 그가 이해되지 않았는지 돌아가며 비슷한 질문을 내밀었다. 다시 간호사 할 계획은 없는지. 연기는 왜 하는 건지.

영상을 그만둔다는 말에 내가 들은 것과 빼닮은 언어들. 내가 수없이 떠들었듯 그게 그의 안정과는 멀게만 보였다. 그러다가 형을 만나고 집에 온 날 그가 라이브를 켰고, "이미 내가 하는 고민을 겪었겠구나." SNS 메시지를 보냈다.

꽤 장문이었다. 즉각 돌아온 답장은 예순두 줄. 일흔세 줄. 여덟 줄로 나누어왔다. 꿈과 도전 시기, 이외 경험들까지 정성 짙게 묻어난 글은 그의 객석 입장권을 부여했다. 새벽 몇 시간에 걸쳐 들은 영화는 내 고개를 이내 펼쳐질 앞날로 돌려두었고, 지금의 감정을 살피게 했다. 오히려 불확실성이 재미나 설렘이 되기도 한다는 것. 그는 자신만의 기준을 정해두고 적어드 거기까지는 자기 방식대로 나아갈 예정이라고 했다. 덕분에 나는 지난날에 대한 미련보다 백지장의 모양새로 형을 만날 수 있었다.

자리에 앉자마자 형은 연기를 뭐라 생각하냐고 질문을 던졌다. 명분이 감정 치료라서였을까. 정답 없는 물음에도 나는 한참을 망설이다가 일차원적인 답을 속삭였다.

— …감정을 표현하는 거?

— 그치. 근데 그전에 나는 듣는 게 연기라고 생각해.

맞다. 상황마다 다 다른 자아가 드러나는 것도 상황에

알맞게 반응했기 때문이었다. 하이라이트만 편집된 인생은 누구보다 특별해 보였지만, 그들도 그저 그 인물로서 듣고 말하는 것뿐이었다. 내가 다른 게 있다면 그동안 무의식이 준 각본을 이성의 힘으로 망가뜨렸다는 것. 배우가 된다는 건 과열된 자의식을 내려놓고 느끼는 대로 빠져드는 법을 익히는 과정이었다. 숨을 마시는 게 아니라 뱉어야 했으며, 그조차 모두 비울 수는 없었다. 오롯한 자신이 되려면 내 것이 아닌 것부터 내려놓아야 했고, 그제야 빈칸을 채워갈 수 있었다. 감정과 어우러지는 연습은 감정 치료를 넘어 오래도록 비어 있던 빈칸을 채우고 충실할 날을 기대하게 했다. 그 매력을 구실로 감정을 제대로 느끼지 못하던 내가 감정을 한껏 즐기기 위한 연기를 시작했다. 얼결에 내디뎠지만, 이 길이면 언젠가 내 각본에 오롯이 몰입할 날이 올 거라고 믿어졌다. 사용하지 못하게 된 억눌린 감정도 결국은 사용해야 늘었기에 세상의 캐릭터를 빌려 말하기를 연습하고, 또 느껴본다.

신기하게도 이제는 배우들 나이만 보인다. 눈에 띄는 배우가 있다면 나이와 경력부터 찾아보는 습관이 생겼다. 어떤 결핍이 충족되면 거기서 또 다른 동경이 생긴다. 그런 면에서 불안이 전혀 없을 수는 없지만, 시도 때도 없이 울음보를 터트리며 온전히 감정에 젖어 드는 지금이야말로 진짜 살아있는 거 같다. 모든 인간은 각자의 사연을 가졌고, 우리는 그것을 객락으로 이해한다. 이처럼 다른 이들의 마음에 있는 너면 아이를 발견하다 보면 영향받기보다 연민의 시선으로 슬쩍 넘기게 된다. 가끔은 전혀 안 그런 존재가 사랑스러워 보이기까지 한다. 현실의 나라면 절대 이해하지 못할 인물이 되어 발자취를 밟는 일. 미워하려야 미워할 수가 없게. 더없이 밉다 못해 그 캐릭터를 사랑하도록. 어쩌면 공감의 시야를 나누는 것 또한 배우의 본분이었다.

여러 가정을 던지다가도 사랑하는 법을 조금은 알게 된 지금 연기를 시작했다는 사실에 다행을 느낀다. 어떤 존재를 완벽히 대체할 이야기는 없다. 한 인물의 삶을 고찰하고 대신 서사를 전한다는 건 그만큼 책임이 따랐다. 각본에 그려진 장면뿐 아니라 그 밖까지 세심하게 귀와 마음을 기울여야 했다. 그 안에서 저마다의 맥락을 알아가며 도저히 이해할 수 없던 여러 형태의 관점을 쌓아간다. 아직 배우라 소개하기에는 무척이나 부끄럽지만, 그중에서도 내 영화 내 캐릭터만큼은 가장 사랑할 것이다.

스물일곱 고등학생 : 자기실현

　나도 어쩔 수 없는 주인공인가 보다. 가만 보면 너무 비현실적이라 시나리오에서는 설득력을 잃을 수 있는 사건도 현실에서는 개연성조차 따질 수 없게 덜컥 일어난다. 그다음 해 초 대학원 졸업과 동시에 나는 형에게 연기를 배우기 시작했고, 늦봄에는 늦었다는 생각에 불쑥 현장에 던져지기로 했다. 하지만 뜻하지 않게 떨어진 잎새에 계획은 어그러졌고, 프로필 촬영은 두 달 미루어졌다. 그때는 몰랐다. 내가 첫 배우 프로필을 찍자마자 곧바로 데뷔하게 될 줄은. 그것도 교복을 입은 열일곱 살로 말이다.

　재정비할 시간이 필요했다. 다시 사람도 만나고, 감정 일기도 끄적이면서 새 여름 준비에 박차를 가했다. 특히 의미 부여된 날에 무언가를 하려는 습관에 첫 연극 관람일이자 의경 입대일인 날로 프로필 촬영일을 변경하려고 했다. 그런데 문득 새로운 날을 만들어야 언젠가 모든 날이 특별해지지 않을까? 하는 생각이 스쳤다. 그렇게 세 날 당겨서 형이 소개해 준 스튜디오에서 프로필을 찍고, 집에 돌아와 배우 시그니처 같은 검정 목폴라 차림으로 추가 프로필을 남겼다. 마침 내게는 카메라가 있었고, 세상에는 동영상 캡처라는 신문물이 존재했다. 다음 날에는 스튜디오 사진을 기다리며 SNS에 목폴라 사진을 올렸는데, 게시물 댓글과 메시지로 뮤직비디오 섭외 요청이 왔다. 처음에는 사기인가 뒷걸음질 쳤지만, 뒤이어 들려온 '내면 아이'를 뜻하는 제목과 가사를 듣는 순간 뭔가 신호를 받은 듯했다. 마지막 인사를 나누듯 내 안의 아이를 달래어 보내주면서 무경력에 선물 같은 한 줄을 그었다.

첫 프로필은 한 달 뒤 스튜디오 보정본을 받고 나서 만들었다. 그때부터 배우 공고가 올라오는 사이트를 찾아 나이에 맞는 배역이면 전부 지원했는데, 연락이 와도 쉽지 않았다. 겁이 많아 시작점에서 벗어나지 못하는 나는 항상 처음이 어려웠다. 그래서 유독 그걸 깬 처음이 기억에 깊이 새겨진다. 연기 수업 때는 시선과 평가가 두려워서 연습 때만큼 내뱉지 못했고, 단편 영화의 주인공 같은 기회가 주어져도 민폐를 끼칠까 슬쩍 달아났다. 그러다가 쌓아온 게 무너질 만한 더 큰 불안이 오면 그제야 쫓기듯이 움직였다. 일주일쯤 지나 전화 한 통이 울렸다.

—안녕하세요. 저희가 클럽 남 역할을 올렸는데, 수민 배우님께 다른 배역을 제안하고 싶어서 연락드렸어요.

아! 클럽에서 뛰어놀 자신이 없어서 지나가려다가 지원했었다. 그런데 드라마 주인공의 친구 역할을 제안받았다. 그렇게 얻은 첫 오디션은 팬데믹이라 비대면이었고, 이틀 뒤까지 세 장면을 촬영해 보내야 했다. 이목이 쏠리면 대사 한 마디 떨어트리기 쉽지 않던 나는 가슴을 쓸어내리며 배역과 친해졌다. 대본 속 캐릭터는 학창 시절 내 말투와 비슷해 보였다. 친구를 너무 좋아해서 환경에 그대로 물드는 아이. 일주일 지나 잡힌 감독님 미팅에서도 대사와 상황에서 느낀 캐릭터를 뚝딱 이야기했지만, 연기에서 배로 뚝딱거리며 절어버렸다. 그럼에도 얼마 뒤 최종 합격을 연락받았다. 다들 경력이 없어서 말렸다던데, 오히려 감독님은 날 것 같은 나를 눈여겨보았다나.

아마추어 시절을 거치지 않고 뛰어든 프로 경기였다. 힘든 다음이면 이상하게 운이 찾아들었고, 언제라도 마지막이 올까 노심초사했다. 어릴 적부터 행운이 깃들 때마다 나는 과연 내가 그 운을 가질 자격이 있는지 의심하고는 했다. 어쩌면 그 행운은 액땜에 대한 보상일지도 모른다고 생각한 적도 있다. 그때부터 내 운에는 늘 대가가 따르는 것처럼 보였고, 나는 그것을 기대하면서도 은근히 두려워했다. 기묘하게 돌아가는 타이밍과 운. 정말 액땜 때문인지. 누려도 될 자격을 자격지심으로 바꾸어 무력화시키는 건지. 의심하려면 어떻게든 말이 안 되는 결과였지만, 중요한 건 언제 무엇이 올지 몰랐고, 과정을 밟아간 것은 분명 나였다. 어떤 것도 한순간의 결과가 아니었고, 이전 우연과 선택을 쌓아온 것이 나인 것은 부정할 수 없었다.

외중에 촬영장에서 떠는 이유가 백 명이 넘는 타인이 아닌 연기 걱정이라는 것은 의외였다. 잘해야 하는 곳에서 실수하고 배운다는 게 죄송하면서도, 사라진 주목 공포증에 신기함을 느꼈다. 세상의 눈은 여전했으나 내 몸은 그게 나를 위협할 수 없다는 것을 깨우쳤는지 더 이상 반응하지 않았다. 만일 그때 부딪히지 않았더라면 나는 현장을 떠올릴 때마다 시선부터 걱정하느라 뒷걸음치는 겁쟁이로 남았을 거다. 경험해야만 알 수 있는 미래를 짐작해 떨기만 하던 나는 불안함을 이유로 모든 것을 통제하고 사라질 운을 걱정했다. 하지만 이제는 앞서 걱정하기보다 보이는 대로의 기회를 잡으려는 내가 존재한다.

　후회는 실패 때문이 아닌 겁에 질려 멈춰버린 순간에 생겨났다. 어떻게든 끝맺음한 이야기는 자연스레 지나갔다. 아쉬움은 마음에 머물기 마련이다. 이제 누가 뭐래도 끈질기게 부딪치며 감정에 빠질 줄 아는 그런 사람이 되기로 했다. 무언가 정해져 있듯 풀리거나 꼬이는 가장 큰 이유는 마음으로 정해둔 종착점 때문이고, 될 거라 믿어 계속해서 나아간 사람에게는 무엇이라도 이루어 낸 결말만 존재했다. 그렇게 안정된 삶이 시작될 줄 알았으나 또다시 제 발로 불확실성이 높은 곳으로 뛰어들었다. 현실을 따지고 들면 제일 꼬부랑 길일지 모르지만, 처음으로 잘하고 싶은 게 생겼다. 무엇을 선택하느냐가 아닌 왜 그곳으로 향하는지가 중요했다. 맞이하는 태도가 움직임에 영향을 미쳤다. 맡겨두어도 예전의 수동적인 상태와는 다르다. 때마다 스미는 영감을 즐기고 새로운 익숙함을 누리기에도 부족한 시간. 시험받고 선택받는 길에 선 만큼 앞으로도 수없이 혼란스럽고 의심도 들겠지만, 안정된 불행보다 불안 속 설렘을 고른 뿌듯함으로 불확실한 내일을 좇는다.

　"네, 대본이랑 일정표 전달해 드리겠습니다."

자
기
확
장

배우 생활을 멈추기로 했다. 첫 오디션에 합격한 찰나 내가 가장 먼저 든 생각은 "오, 이런 엔딩이면 괜찮겠는데?"였다. 주변에서는 내년 초 촬영을 마치는 대로 정신건강 책을 쓸 거라는 나에게 그럴 때가 아니라며, 책은 누가 제안할 때 쓰는 거라고 충고했다. 하지만 내 딴에는 살면서 처음 든 확신이었다. 써본 글이라고는 얼마 전 끄적인 감정 일기가 전부고, 심리 관련 종사자나 유명인도 아닌 내가 내세울 맥락이 없는 것도 명백한 사실이었다.

그렇지만 큰 성공이 아니어도 '평생 못할 것 같던 일을 시작하자마자 이룬 실제 이야기'는 어느 이에게 용기를 돋울 만한 울림을 가졌고, 그것만으로 충분한 의미가 있었다. 객관화 초기에 애타게 찾아다니던 게 그런 경험 담이기도 했다. 괜찮다고 무작정 달래는 말이 아니어야 했다. 내담자를 예시로 다룬 전문서도 아닌, 비슷한 시기를 지나온 사람이 이 여정의 결말이 나쁘지 않을 거라고

언질을 주는 쉽고 잔잔한 확신이 절실했다. 해가 들지 않는 집에 빛이라고는 간신히 반사되어 들어오는 것이 전부다. 그럴 때 누군가에게는 대비되는 어둠이 더욱 뼈 시리게 느껴지겠지만, 어떤 누군가에게는 살아있음에 대해 다시 떠올릴 계기가 된다. 문자화된 한 편의 영화가 모든 걸 다 전할 수는 없다. 어릴 적 빈칸이 어른의 계절에서 완벽히 채워지는 것도 사실상 불가능하다. 하지만 얇게나마 밀려든 나의 맥락이 반사광 정도는 되어줄 수 있겠다고 생각했다. 어디선가 끌어온 햇볕 한 조각이 마음의 평화와 고요함을 일러줄 나비의 날갯짓처럼 번지기를 바랐다.

사람들은 다져온 길이 아깝지 않냐며 한마디씩 보탠다. 바라는 꿈 하나를 진득이 해보라고 권한다. 그럼 더 많은 응원을 받을 수 있을 거라고. 하지만 나에게 직업은 자신에 이르기 위한 하나의 수단이고, 그 여정을 산다는 점에서 내 목적지는 바뀐 적이 없다. 나를 단일한 정체성에다 묶어 밋밋하게 만들 생각도 없다. 전과 다른 게 있다면 인정받기 위한 외적동기가 아닌 내면에서 흐른 경로였다. 대부분 쉽게 이해하지 못할 이 선택은 가장 확실한 확률지라기보다 아니어도 괜찮겠다는 마음의 기울기였다.

　주변에 왜 사냐 묻던 대담의 시작도 이타적인 마음보다는 좋은 건 다 같이 알고 싶은 근질거림과 억울함의 해소가 적절히 섞여 있었다. 그때 먼저 속내를 꺼내면 다른 이도 자신을 열어간다는 것을 알았고, 그 대화에서 항우울제를 복용 중인 지인이 여럿 있다는 사실을 듣게 되었다. 더군다나 말이 좀 많은 게 아닌 내 얘기를 들은 몇몇 이들이 달라진 표정으로 삶의 전환점을 맞이했을 때는 아직 남은 오지랖을 가만둘 수가 없었다. 그렇게 나는 한 사람의 평안을 간절히 바랐다. 그러기 위해서는 그 주변이 평안해야 했고, 그렇다면 건너편에 있는 모두가 행복해야 했다. 서로 영향을 주고받는 세상에서 그건 곧 나를 위한 결정이었다.

　또한, 지난 과거가 아까워 뭐라도 써먹겠다고 애쓰지 않아도 나에게 각인된 시간은 달아서 현재를 끄적였다. 강박의 기억은 오랜 계절을 세세하게 끄집어냈고, 짠돌이의 고픔은 이십 대의 보금자리와 시간을 선물했다. 특히 부모님의 무한한 지지는 원하는 곳으로 탐험을 저질러 나갈 동심의 호기를 지켜주었다. 완전하지 않은 것들이 조화를 이룬 이 영화는 스치는 장면 하나조차도 버릴 것 없이 축적된 모든 시간의 발휘다. 아직 제대로 사랑해 본 적도 없는 사람의 개인적인 사랑 얘기지만, 자신을 꺼내는 건 처음이라 아름다운 문장이나 어여쁜 은유보다는 미숙하고 어설픈 넋두리로 가득하지만, 부끄럽기는 해도 이렇게 유치한 진심을 내미는 게 내가 제일 잘 할 수 있는 방법인 것 같았다.

상처받고 싶지 않음에서 오는 철저한 주고받음. 서로 적당함만 오가는 것도 그런 마음 아닐는지. 그래서 나는 손을 내밀되, 누군가 필요할 때 직접 맞잡을 수 있는 가장 느린 매체를 골랐다. 이마저 또 다른 오해를 낳을지도 모르지만, 이 이상 떠들고 다니는 건 목이 아픈 일일 것이다. 그간 변한 나를 돌아볼 때, 몇 년 내로 내가 가진 오지랖이 사라질 것도 분명했다. 그래서 무언가 풀려가는 듯한 타이밍에 배우로서 주어진 모든 가능성을 내려두고 경로를 이탈했다. 나 혼자서 세상을 친절하게 바꿀 수는 없다. 다만, 완전하지는 않아도 안전하다고는 충분히 여길 수 있는, 각자가 자기중심을 지켜낼 버팀목 하나쯤은 품을 수 있는 세상이 되었으면 한다.

이토록 확신을 둘수록 집에만 박혀있어 현실 감각을 잃었다는 둥, 사랑에 대한 이상주의자 취급은 거세진다. 세상은 각자 살아온 방식대로 해석되고, 그들은 그간 지켜온 가치를 피력하기 위해 다름을 이상함으로 투사한다. 누가 콘셉트라 칭하면 내 색채도 왜곡된 틀에 각인되겠지만, 그건 어디까지나 그들의 영화에서다. 이미 나는 그 유토피아 속에 살아있고, 스마트폰으로 톡 치는 그 말이 와닿지 않는다. 어디까지 이상이고, 어디까지 현실일까. 어쩌면 우리의 임무는 상상을 현실로 만드는 게 아닐까.

어떤 연구에서 신비주의는 로고스, 즉 마음속 세계를 언어에 온전히 담을 수 없어서 차라리 입을 다무는 것에서 기인했다고 한다. 언제나 그랬듯 남들의 평가는 결과론적으로 돌아올 것을 안다. 나 또한 전하고픈 말이 많지만, 이제는 침묵 앞에 다음 장견으로 답한다. 세상 밖으로 우리 이야기를 꺼내는 게 오점보다는 서로 더 사랑할 방법이 되기를. 자신을 돌보는 게 너무도 자연스러운 일상이 되어 언젠가는 이런 마음이 책으로 묶일 가치조차 없어질 날이 오기를 염원한다. 오늘도 이 영화가 누군가의 쌍무지개가 될 거라는 기대를 안고, 누가 이를 힌트 삼아 자신만의 영화를 써 내리는 장면을 그린다. 기록하면 패턴이 보인다. 보이는 것은 덜 두려우며, 예측 가능해진 내면의 흐름은 여유를 남길 테다. 그가 나와 달리 조금은 덜 외롭게, 이왕이면 덜 아프게 안정감에 이르기를 소원한다.

Dear To-me, :

상처받은 이들의 해피 엔딩은 무엇일지 참 많이 고민했다. 하고 싶은 일보다 해야 하는 일을 하라고 떠미는 사회에서 벗어나 삶을 기꺼이 누린다는 것은 말로 다 표현할 수 없는 기쁨이다. 다친 마음을 회복하게 한다는 이유로 꿈꿔왔던 일을 하나씩 시도하고 내 것으로 만들 때마다 마음 한편에는 짧지만 강렬한 희열이 차올랐다. 하지만 내려온 무대 뒤처럼 빛이 사그라들고, 그마저 무뎌졌을 때는 예기치 않은 권태와 허무가 나를 에워쌌다. 결국 살아간다는 건 실체를 알 수 없는 영화 속에 던져져 다치고 아물기를 반복하는 아이러니의 연속인 걸까. 이제는 매일 모습을 달리하는 내 페르소나를 당연하게 사랑하며, 현재의 감각과 움직임에 빠져들어 시공간의 제약에서 자유로워졌다. 이같이 한 사람으로서 통제할 수 있는 영역이 해결되고, 모든 반응이 고요해진 자리에는 왜 사는지에 관한 의문이 업보처럼 밀려왔다. 끝내 입 밖으로 나올 대답은 없었다.

책 집필을 준비하며 기억의 첫 페이지부터 차근히 되짚어 나갈수록 답 없는 질문의 무게는 더욱 깊어졌다. 어느 날에는 실없이 웃고 치이던 날이 차라리 나았나 싶었다. 뭐든 선택할 수 있는 갈림길이 고작 진로였던 시절이 그리운 동시에, 그조차 버거워한 내 모습에 헛웃음이 났다. 잎새가 전한 사과도 그제야 이해했다. 그렇게 드라마 촬영을 앞두고 설렘과 무의미함 사이를 오가던 중 외할머니의 부고를 접했다. 부질없음이 극에 달하던 그때 떠오른 우연 하나가 내 삶의 정적에 작은 파문을 일으켰다.

나와 교류가 끊겼던 학교 선배 둘이 십 년 연애 끝에 결혼 소식을 전했다. 그다음 달 잎새가 집을 나갔을 때는 창업 중인 프로덕션에 나를 영입하고 싶다며 다시 연락해 왔고, 나는 거절의 뜻을 비친 대신 브랜딩을 몇 차례 돕기로 했다. 그 과정에서 지난해 선배가 참여했던 한 팀의 첫 작품 얘기를 들었다. 선배는 요즘 부쩍 반응이 괜찮다는 그들의 다른 작품도 알려주었는데, 나는 몇 달 뒤 외할머니의 장례를 마치고 돌아오는 휴게소에서야 왜인지 그게 궁금했다. 운전 중이라 오디오로 반복해서 듣던 나는 집에 도착하자마자 새로 산 빔프로젝터로 영상을 틀었다.

처음인데 이상하리만큼 익숙했다. 재생 내내 한 사람에게 시선이 옮겨졌고, 계속 되돌려 봐도 이 기시감의 정체를 가늠할 수 없었다. 다른 어렵고 복잡한 말보다 그냥 그렇다는 말로밖에 설명되지 않았지만, 애틋하고 시린 이 완연한 감정에는 분명 이유가 있었다. 한동안 나는 그가 나온 영상을 찾아다니며 관찰했다. 그리고 이내 우리가 쓰는 표정이 닮았다는 걸 느꼈다. 머무를수록 다른 점이 발견될 법도 한데, 그는 어떤 시간을 거쳐 왔길래 정반대인지. 평소에는 무슨 표정과 눈빛으로 살아가는지 알고 싶어졌다.

나는 관심을 가지면 워낙 그쪽에만 신경이 쏠린다. 그래서 이번에도 잠깐 달아오른 의미 부여는 아닐지 스스로 의심했다. 그런데 그 호기심은 자꾸 손끝에 걸려 틈날 때마다 다시 붙잡을 수밖에 없었다. 다음에는 조금 더 풀어갈 내일이 기다려졌다. 알아갈수록 모르는 게 늘어났지만, 그 여백은 전과 달리 나를 움직였다. 문득 그런 생각이 들었다. 거쳐온 모든 우연의 역사가 나를 이곳으로 이끌었구나. 당연한 말 같지만, 이 깨달음으로 인해 어디로 향하려는 건지 유추하는 과정 자체가 곧 삶의 여정이 될 수도 있겠구나 싶었다. 그 순간 세상 모든 게 무의미해 보였던 나의 태도가 완전히 바뀌었다.

얼마 뒤 친할머니의 장례를 치르고 온 날, 대외활동에서 알던 동생이 대뜸 대화를 걸어왔다. 그와 같은 회사에서 일한다며 며칠 뒤 있을 행사에 나를 초대한다고 했다. 팬데믹으로 미뤄진 행사였는데, 그 몇 개월 사이 SNS 추천 친구를 통해 오래간만에 연락이 닿은 거였다. 덕분에 참석할 줄은 예상하지도 못했던 행사에 갈 수 있었다. 멀리서나마 그를 마주하면서 헤아린 내 감정은 뚜렷해졌고, 느낀 직감이 맞는지 반드시 확인하고 싶었다. 더 늦기 전에 나에게 주어진 듯한 이 쌓인 질문들을 그에게 건네고 들어야만 할 것 같았다.

시작점에 일기처럼 소박하고 막연히 써 내려간 외로움의 책은 비로소 수신인을 만나 사랑법의 형태로 거듭났다. 생각과 모든 사고의 과정이 엇비슷하더라도 그는 나보다 덜 아프게 겪기를 바라는 연민의 마음이 내 안에 있다는 것도 알았다. 여지없는 방황 끝에 마주한 이 불완전한 힌트를 믿어보고 싶어졌다. 단단하고 차분해 보이다가도 속은 여전히 시끄럽고. 생각과 규칙이 많은 사람인데 단순하게 행복해지려 애쓰고, 세상을 다 가진 듯

해맑다가도 가끔 정체 모를 울음에 젖어있는 사람. 어떨 때는 내가 이상한 걸까 청개구리처럼 행동하는 사람. 나는 그가 다른 이의 행복을 바라지 않아도 될 만큼 행복했으면 한다. 많은 감정이 몰려오던 찰나 나 같은 친구가 있었으면 좋겠다고 그려온 가장 오래된 꿈이 되살아났다. 자기연민에서 비롯된 관조가 잊고 있던 나의 이상과 나아갈 우주를 함께 비추었다.

개인주의가 된다는 건 냉소적인 사람이 된다는 것과 다르다. 어떤 슬픔은 닮은 아픔을 어루만지며 아물었고, 자기 사랑과 타인을 사랑하는 건 생각외로 분리되지 않았다. 나를 조금씩 뒤로 물리며 나의 세계를 더 넓게 확장해 나가는 일. 어쩌면 그게 나를 사랑하게 된 다음의 임무일지 모르겠다. 그는 내가 애착하게 될 대상이 나와 닮은 이들인 것을 일깨웠고, 나는 그들이 영원히 외로움이 사라져 버린 듯한 평안함을 이루기를 소망한다. 누구나 결핍에 적셔지고 극복하며 자란다지만, 그들이 어떤 자극에 부딪혀도 순수함을 잃지 않도록 곁을 나누고 싶은 욕심이 든다. 더 많은 그를 발견할수록 오히려 나를 알아가는 신비함도 느낀다. 아직 나를 위하는 게 서투른 나는 그 조각을 근거로 계속 내딛고, 언제나 닿을 곳에 있기 위해 조금 더 나은 사람이 되어간다.

그는 이 편지의 주인이 자신임을 알아차릴까. 나와 주변 이야기를 꺼내도 될지 잠시 망설이던 참에, 내가 누구인지 먼저 전해야 할 것 같은 마음이 모든 걸 감내하게 했다. 그가 무언가를 느꼈을 즈음 자연스레 다가와 자신의 이야기를 들려주었으면 한다. 그날이 언제든, 무엇이든, 아주 작은 하루까지 편안히 털어놓기를 바란다. 실제로는 어떤 느낌일지, 내가 본 모습과는 얼마나 다를지 나로서는 알 수 없다. 여기가 어디고 어디가 끝인지 여전히 의문투성이지만, 그런 불확실함마저 나를 다시 일으켜 움직이게 한다. 나는 진심이 닿을 가장 알맞은 시점을 고민하며 처음으로 한 사람에게 다가선다. 묻고 싶은 말들을 품고 그날이 오기를 기다릴 뿐이다. 내가 바라는 건 하나다. 오고 가는 계절의 반복 속에서 그 변화를 그대로 만끽하며 그와 말없이 한참을 걷고 싶어졌다.

자
기
사
랑

— 근데 도대체 책은 언제 나오냐?

삼 년이나 출간을 미루게 될 줄 나도 몰랐다. 첫 투고에서 여덟 곳의 출판사로부터 연락받고, 계약하려던 찰나 담당 편집자가 돌연 잠적했다. 미워할 일 없이 무책임한 태도를 곁에서 멀리하기로 한 '회피형-회피형'의 나는 그때부터 원고에 애정 있는 편집자를 만나기 위한 긴 시험대에 올랐다. 이 여정은 누구와 오래 함께할지도 모르면서, 타협도 결정도 없이 마냥 흘러가던 예전과는 확연히 달랐다. 늘 선택할 여지와 마음은 열어두되, 분명해진 기준으로 함께 걸음을 맞출 수 있는 대상인지를 살폈다.

스무 군데 넘는 곳에서 제안받았음에도 매듭짓지 못한 시간은 때때로 지치게 했지만, 내 이유를 아는 움직임에는 흔들리지 않는 힘이 있었다. 물러서지 않은 기다림과 반복된 시행착오 끝에 마침내 바라던 스타일의 적임자가 원고를 맞이했다. 계약 후 이듬해에는 나와 닮은 그도 고대하던 적절한 시기에 다다른 듯 보였다. 내가 지인에게 왜 사냐 묻고 다니던 시절처럼 어느 정도 정돈된 마음과 더 많은 궁금증, 끝없는 재잘거림. 한층 편해진 아이 같은 얼굴로 스스로와 타인을 대할 준비가 된 것 같았다.

객관화가 어느 정도 되었다고 생각해서 출발한 이야기다. 겉으로는 사회와 동떨어져 허송세월하는 백수의 탈을 썼지만, 그 쉼 안에서 자신에게 이만큼 충실하고 치열한 적이 있었나 싶다. 이제는 '나'라는 사람이 만들어진 형성 과정을 이해하려고 노력하는 때는 지나간 듯하다. 몸으로 부딪치고 넘어지며 배운 것들을 도구 삼아 감정을 쏟아내다 보니 움츠러든 표정도 바뀌게 되었다. 지나간 계절에 느낀 저마다의 감정에 어울리는 언어를 고르고 눈물을 흘려보내면서 나와의 화해도 했다.

특히 출간이 유예된 기간에는 끄적인 이야기를 거꾸로 절반 이상 덜어내면서 과거의 나를 지난 나로서 놓아줄 수 있었다. 더는 누가 알아줄 필요도 없이, 오래 품은 내면의 외침들이 한결 가벼워졌다. 또다시 겨울이 왔음에도 겨울이 온 줄도 모를 만큼 말이다. 자기를 알아봐 달라고 울부짖던 아이의 표현법이 제법 성숙해진 듯하다. 누구는 이십 대 중후반부터 삼십 대 초반까지의 나이를 버린 게 아깝지 않냐고 묻는다. 하지만 저버릴 뻔한 나와 누군가의 무수한 내일을 그로써 지켜냈다면, 돈으로도 사지 못할 의미의 무게를 비교나 할 수 있을까. 아니었다면 세상 기준에 나를 소진하다가 결핍이 넘쳐걷잡을 수 없이 더 깊은 슬픔에 잠기지는 않았을까. 삶을 내려놓지 않으려 이어온 마음을 전부 설명할 수가 없으니 이곳에 맡겨두는 수밖에.

이제는 되돌리고 싶던 어떤 날로도 마음을 보내지 않는다. 남은 감정과 별개로 한 장면이라도 달라지면 지금의 내가 없을까 봐 오히려 그게 두렵다. 스치고 잊힌 옛 걱정처럼 삶에서 미끄러진 문제는 예상치 못한 삶의 어느 순간 풀어졌고, 그로 인해 뒤바뀐 인식은 기억을 재해석했다. 그 모든 이야기가 그렇게 흘러간 것은 닿아야 했던 단 하나의 결정적 장면이 있었기 때문은 아닐까. 그런 생각이 들면 괜히 다 괜찮아졌다. 어딘가에는 이미 정해져 있었던 듯한 장면과 그곳에 도달하기까지 겪어야 할 선택과 감정이 있다. 그렇게 지나온 시간이 쌓인 자리에 우리는 운명이라는 이름을 붙인다. 내 자유의지로 우주를 넘나드는 건지 결정론대로 정해진 선을 따라

이어가는지는 알 수 없지만, 적어도 내 시선에서는 매 장면이 살아가는 과정 위에 속해있었다. 이 운명 같은 시간에 올라선 내 모습이 좀 사랑스럽고, 만족스럽다.

그렇지만 그것이 꼭 불시에 갯은 행운은 아니다. 모든 우연은 계획 밖에서 일어났고, 하루에도 수없이 찾아드는 우연 가운데 무얼 필연으로 붙잡느냐는 각자가 삶을 살아내는 태도와 의미를 짓는 방식에 달려 있었다. 준비된 자가 맞이할 세렌디피티. 우연히 떠오를 그 행운을 놓치지 않기 위해 오늘도 이끌림을 좇아 걸음을 옮긴다. 순간순간 찾아오는 감정의 물결도 어딘가로 향하기 위한 힌트가 아닐지 유심히 바라본다. 인생을 바꾼 찰나는 이미 지나온 삶 어귀마다 있었다. 다음 차례가 언제일지는 아무도 알 수 없다. 그렇다면 주인공이 해야 할 소명은 세렌디피티일 수 있는 매 장면을 온 마음으로 환영하는 일일 것이다. 어떤 우연을 믿고자 하는 건 한순간이다. 무언가 운명일 수 있음을 받아들인 채 경험하는 자세는 역설적이기 짝이 없게 자유라는 차원의 문을 인생 곳곳에 열어젖혔다.

이렇게 내 긍정 메커니즘이 만들어졌다. 긍정적으로 살겠다며 감정을 절제하는 것이 아니라, 어떤 일을 맞닥

뜨려도 끝내 행복에 닿을 수 있는 단순한 삶의 길을 알
게 되었다. 앞으로 가야 할 길이 명확해진 지금, 내가 나
와 닮은 그를 알아본 것처럼, 그도 나를 보며 알 수 없는
직관을 느끼게 되는지. 헤매던 나를 히치하이크하듯 두
드린 그 씨앗 같은 호기심 하나가 세상을 계속 살아갈
이유를 틔웠고, 적기에 등장했을 뿐인 그 우연을 풀어가
기 위한 단계를 핑계로 나만의 영화를 디자인해 간다.
어차피 알고 나서야 보이는 장면이다. 언제든 찾아낸 방
향이 아닐 수 있고, 모든 이상이 손바닥 위에 그대로 올
려질 수도 없다. 그렇지만 흥청망청 시도해 볼 자유이용
권은 손에 꽉 쥐었다. 만일 닿은 지점이 꿈꾸던 모습과
조금 다를지라도, 한껏 뛰놀며 성장한 나는 그 근처에서
또 다른 이상을 향해 어김없이 나아가고 있겠지.

　이 영화의 마지막 페이지는 이렇게 마무리된다. 아무
마음 걸림 없이 이상을 향한 내 삶의 본편이 시작되었
다. 삶이 드라마틱하게 달라지지는 않았지만, 다른 생각
이 안 들 만큼 모든 게 선명하고 담백해졌다. 행복한 장
면만 모아놓고 보면 행복하지 않을 이유가 없고, 불행한
감정만 두고 곱씹으면 불행할 수밖에 없다. 우리는 저마
다 다른 방식으로 영화를 편집하고 상영한다. 스크린 뒤

와 무편집 본에서 벌어진 일은 나만이 목격했다. 그중 내가 기억하고 취사선택한 장면의 결정체가 내 영화로 완성되었다. 앞으로도 나는 이 영화가 막을 내릴 때까지 변함없이 사랑을 떠들며 각자를 사랑하는 우리가 서로의 객석에 맑은 웃음 하나쯤 놓아주기를 기대할 것이다. 그 우연 하나가 무얼 이어낼지 상상한다. 미움을 상쇄하는 건 언제나 더 많은 사랑이그, 아픔을 상쇄하는 건 더 많은 기쁨이었다. 답을 찾기보다 그게 정녕 문제인가를 앞서 고민하며 우리끼리라도 잘 사랑하면서 지냈으면 좋겠다. 우리는 하나의 띠를 이루었고, 홀로 만들어 가는 영화는 없으니까.

그 끝에 건넨다. 이런 나도 해냈는데 당신이 해내지 못할 게 뭐 있냐고. 비극과 희극이 치우치게 섞이다가도 결말에는 희희극으로 귀결되는 삶의 영화를 누리기를. 최적의 타이밍은 아닐지라도 너무 늦지만은 않게 닿았기를. 아직 해피 엔딩도 언 해피 엔딩도 아닌 한참 이어가야 할 열린 결말이지만, 내가 그렇게 결정한 순간 우리 인생은 애당초 정해진 해피 엔딩이다.

내 인생의 관객들, 남은 장면도 잘 부탁드립니다. 지금까지 그냥 이수민이었습니다.

작
가
의
말

"꿈은 의심하면 깨집니다. 하지만 자각몽은 예외입니다. '어슬렁ₐ ₛₗₒw'에서 NPC로 당신의 꿈을 직접 플레이 하세요."

이름부터 예사롭지 않다. 게임 광고인지, 무슨 꿍꿍이인지, 속는 셈 치고 공고를 열어봤더니 산책 집단이란다. 대표자는 자신을 두고 세상이 반기는 플레이어가 아니라고 소개했다. 다른 사람들은 튜토리얼을 따라 경험치를 쌓고 캐릭터를 키워나갔다. 장애물을 쓰러뜨려 칭호와 보상을 얻고, 아이템을 갖추며, 뒤처지지 않기 위해 하루에도 수십 번씩 퀘스트를 반복했다. 끊임없이 레벨을 올리며 더 높은 능력치와 랭크를 향해 생존력을 강화했다.

그 사이에서 대표자는 늘 이방인이었단다. 파티나 길드에 속해 패치를 따라가기보다는 그냥 맵을 구경하거나 기깔난 닉네임을 구상하는 쪽이 더 재미있는 것 같다나 뭐라나. 그래서 세상의 장르가 언제부터 RPG로 정해진 거냐고 묻는다면, 아무도 답할 수 없는 게 인지상정! 운영자라면 모를까. 그럼에도 우리를 이방인이라고 부른다면, 원래 NPC는 각자의 자리에서 본분을 다하느라 혼자라고 착각하는 법이다. 이 순간, 혹은 언젠가 당신도 NPC라는 생각이 들었다면… 이상한 나와 함께 어슬렁에서 자기만의 속도와 시간으로 자유로이 어슬렁거려보는 것은 어떤가? 하는 지원 요건도 공고 끝부분에 명시돼 있었다.

세상이 게임 같다는 것은 내 의지와 상관없이 시작된 이 모험을 언제든 종료할 수 있다는 뜻이기도 했다. 끝을 염두에 둔 삶은 무용론이 아닌 살아감의 의미를 사유하게 했고, 주어진 플레이권과 쉽게 퇴색되는 행복의 정의를 다시금 곱씹게 했다.

한 번도 하고 싶었던 적 없지만, 나대로 만들어 갈 수 있다는 것을 안 이상 멈출 수 없다. 모두가 나와 같은 사랑법을 좇는 건 원치 않는다. 무얼 바라고 지향하는지, 어떤 이유에서든 우러난 이상향을 각자 지켜내며, 피차 궁금해하는 말랑한 무적 상태가 현실로 퍼지는 아르카디아 서버에서. 아직 중첩된 그 낙원을 한없이 꿈꿔본다.

쿠키즈 온 더 블록

카메라가 돌아가고, 작은 자기가 특유의 허허 웃음을 터뜨리며 물었다. "와, 진짜 이렇게까지 될 줄 아셨어요?" 나는 뺨을 긁적이다가 벅차오른 숨을 길게 내쉬었다. "실은 이 장면, 제 책 맨 뒤에 쿠키 영상처럼 허구로 넣어놨었거든요." 큰 자기가 상체를 살짝 들썩이며 손바닥을 탁 쳤다. "아니 저, 그게 현실이 된 거예요? 이야 이 방송도 그럼 사실상 쿠키네, 쿠키!" 작은 자기가 재빨리 받아쳤다. "쿠키가 떨어지면, 일단 먹고 생각해야죠! 고민할 시간이 어디 있어요." 화면으로만 보던 두 진행자의 호흡과 드디어 닿은 현장의 웅성거림. 문득 주워 온 이전 우연들이 스며들며, 나도 모르게 은근한 미소가 번졌다.

《이상한 나와의 사랑법》이 세상 빛을 보자마자 나는 오래전부터 계획해 둔 글을 SNS에 올렸다. "우리 앞으로 평생 못 만날지도 모르는데, 책 핑계 삼아 마지막으로 얼굴이나 보죠. 제 곁을 지나간 모든 시간을 기억합니다." 차마 보고 싶다는 말은 낯간지러워 붙이지 못했다. 이 책의 장르 특성상 지면에는 악으로 추정되는 장면이 주를 이루었다. 하지만 야속한 상황과 달리 나는 누군가를 미워한 적이 없었다. 정확히는 미워하는 법을 몰랐다. 집필 중에야 그게 남에게 별 관심 없었다는 의미인 것을 깨달아 내심 미안했다. 그럼에도 그 이면을 알아주고 조용히 곁에 머문 이들이 월등했기에 고마웠다. 나는 어디서 선이고, 어디서 악이었을까. 한 번쯤은 그들과 마음을 다하지 못한 기억을 함께 보듬어내고 싶다고 줄곧 생각했다.

그 사이 바깥은 또 다른 차갑고 날 선 팬데믹으로 잠식돼 있었다. 계절이 스무 번 가까이 바뀌는 동안 다들 어엿한 사회인이 되어있었고, 몇몇은 가정도 꾸렸다. "그분들도 우재 씨 달라진 점을 느꼈을까요? 온라인 서점에 적힌 지인들 후기도 완전 화제였잖아요!" 큰 자기 질문에 삭제된 등장인물 인터뷰가 떠올랐다. "원래는 책에 '엔드 크레딧 End Credits'이라는 에필로그가 있었어요. 기억 교차 검증도 할 겸 주변에서 본 저를 들을 기회였는데, 그때도 지금도 내용이 신기할 정도로 다 한결같더라고요. "오, SNS에 올리신 그거 맞죠? 실례가 안 되면, 시청자분들한테 몇 개만 살짝 소개해 드려봐도 될까요?" 작은 자기가 들뜬 목소리로 주머니에서 종이를 주섬주섬 꺼내며 말을 뱉었다.

읽을 때마다 참 낯설다. 한편 그 얼굴은 내게도 가장 친숙한 스크린 속 나였다. 대체로 결핍에 쫓긴 묻어남은 정 많고 세심하며, 친화력 있는 진솔한 바보로 풀어졌다. 누구는 원하는 게 있으면 곧바로 돼버리는 나를 보며 자신도 뭐든 될 수 있을 듯한 용기가 든다고 했다. 내 혼란한 여정이 무언가 끊임없이 시도하는 열정과 추진력으로 포장됐다. 그것은 놓쳐온 나일까, 그저 타인의 해석과 모순일까. 이제는 모든 묻어남의 층위와 그 간극을 되뇌며 음미하는 일이 나와 그들에 관한 단서이자 영감으로 다가온다.

"그러면… 최근 들어 특별히 더 영감을 주는 분이 있을까요?" 큰 자기 물음에 작은 자기가 눈을 반짝이며 맞장구쳤다. "절에 들어가셨다는 소문도 있던데요." "가끔 산신각에 죽치고 앉아있기는 해요. 몇 년째 제 최애 영감님은 강아지들이고요." 나는 덧붙여 답했다. "찰나에 충실한 존재는 맑잖아요. 근데 그 투명함 때문에 간과할 때가 있어요. 말이 없으니, 사실 무슨 생각인지 알 수 없

잖아요. 무엇을 원하는지 계속 관찰하고 살펴야 해요. 우
리로부터 그들이 살아가는 시각이 결정되고, 우리가 선
택했기에 더더욱 세상의 가이드로서 책임감이 부여되는
거죠. 그러다 보면 오히려 얘너가 항상 기다려주는 게
보여요. 솔직히 필사적으로 맨홀뚜껑을 피해 다닌다든
가, 도무지 이해되지 않을 때가 훨씬 많죠. 하지만 그렇
다고 제가 배려를 멈추면 나만 받는 위치에 서게 돼요.
냄새가 강아지끼리의 SNS라는 비유처럼, 그들만의 세계
가 있을 테니, 이유 불문 '그럴 수도 있겠다.' 하는 거죠."
　작은 자기가 입을 쩍 벌리고 '아!' 하는 표정을 지었다.
"저는 그게 사랑 같아요." 나는 손끝을 맞잡은 채 반가운
기색을 띠었다. "아직 잘은 모르겠지만, 저도 하게 되면
비슷하지 않을까 가끔 생각해요. 주변 시선과 다르게 저
한테는 진취적이지 못한 쟁취의 어색함이 있거든요. 그
런 저를 자꾸만 움직이게 만들어요. 냄새 맡는 것을 기다
리다 보면 성격 급한 제가 하늘도 여러 번 더 보게 되고,
이끌리는 대로 흘러가는 법도 '이런 거구나!' 배워가요."

　짧은 정적을 지나 큰 자기가 마지막 질문을 슬쩍 건넸
다. "제주에서 빌었던 소원처럼, 정말 그런 대상을 만나
게 되면… 뭐 먼저 해보고 싶으세요?" 잠시 생각에 잠긴

내가 조심스레 입술을 뗐다. "요즘 멜로영화를 하나씩 찾아보고 있어요. 결국 사랑 이야기는 다 끌림과 두려움 사이 선택을 담아내더라고요. 그러면 그걸로 나누는 대화는 서로 가진 결을 알아가는 매개가 되지 않을까요?" 갑자기 작은 자기가 망설이던 손을 번쩍 들었다. "어, 혹시 저도 피날레로 하나만 여쭤봐도 될까요?" 나는 눈짓으로 응했다. 《이상한 나와의 사랑법》 크레딧이 올라갈 때 음악이 깔리면, 숨디는 어떤 걸 고를지…." "아니 자기! ……오늘 느낌 좀 있는데?" 두 진행자의 티키타카가 이어지는 그 순간 한 멜로디가 내 머릿속을 맴돌았다. "어릴 때는 마냥 밝은 곡인 줄 알았는데, 언제부터인가 가사가 들리더라고요." 이문세의 '알 수 없는 인생'도 입부가 서서히 퍼지며, 장면은 제작진 앞 인터뷰로 전환되었다.

"상처요? 그냥, 예전에는 누가 저를 미워할 수도 있다는 사실을 받아들이지 못했던 거죠. 슬펐지만, 지금은 괜찮아요. 적어도 제게 새겨진 첫 세상은 정반대라는 거잖아요? 처음으로 꿈도 생겼고요. 앞으로 저도 그 아름다운 오해를 누군가에게 남겨야겠죠. 틀리지 않았다고 끄덕여주고, 지켜내면서요. 그런 날은 분명 오겠죠." 나는 한참 멍하니 허공을 응시하다 한쪽 입꼬리를 올렸다. 되감기던 필름은 그제야 제자리를 찾은 듯 잔잔해졌고, 마침내 재가동한 카메라는 다시 만나지 못할 그 모습을 오래도록 간직했다.

감기던 필름은 그제야 제자리를 찾은 듯 잔잔해졌고, 마침내 재가동한 카메라는 다시 만나지 못할 그 모습을 오래도록 간직했다.

이상한 나와의 사랑법

초판인쇄 2026년 1월 10일
초판발행 2026년 1월 10일

지은이 연우재
발행인 채종준

출판총괄 박능원
책임편집 조지원
디자인 공진혁
마케팅 문선영
전자책 정담자리
국제업무 채보라

브랜드 크루
주소 경기도 파주시 회동길 230 (문발동)
투고문의 ksibook1@kstudy.com

발행처 한국학술정보(주)
출판신고 2003년 9월 25일 제406-2003-000012호
인쇄 북토리

ISBN 979-11-7457-303-2 03810

크루는 한국학술정보(주)의 자기계발, 취미 등 실용도서 출판 브랜드입니다.
크고 넓은 세상의 이로운 정보를 모아 독자와 나눈다는 의미를 담았습니다.
오늘보다 내일 한 발짝 더 나아갈 수 있도록, 삶의 원동력이 되는 책을 만들고자 합니다.